KB252345

솔뫼

Solmoe
·
索尔莫
·
ソルメ

솔뫼 강쌍호 시집

솔뫼

Solmoe
·
索尔莫
·
ソルメ

솔뫼 강쌍호 시집

작가의 말 대신

<table>
<tr><td>

하늘나라 엄마에게

</td><td>

To My Mother in Heaven

</td></tr>
<tr><td>

엄니
밤하늘을 보네
엄마가 그리워서

</td><td>

Mom...
I look at the night sky,
because I miss you, Mom
You would probably say,
"Express yourself better."

</td></tr>
</table>

엄니
밤하늘을 보네
엄마가 그리워서

엄마가 먼저 얘기 하겠지
아달
표현 좀 잘해

엄마의 가르침 따라
온 동네 새댁들 평상에 모이는
모두 숟가락만 들고 오는 세상
그리 그리
내가 만들어 볼게

엄니
나 그만 울게 해

To My Mother in Heaven

Mom...
I look at the night sky,
because I miss you, Mom
You would probably say,
"Express yourself better."
Following your teachings,
I will create a world where
all the young wives gather on the
village bench,
bringing only their spoons
to a table already full
Yes, yes,
I will make that kind of world
Mom...
Please,
let me stop crying

给天堂的妈妈　　　　　　天国のお母さんへ

“妈妈啊”　　　　　　　　　「お母さん」と

望着夜空　　　　　　　　　夜空を見上げる

因为思念妈妈　　　　　　　お母さんが恋しくて

妈妈一定会说吧　　　　　　きっとお母さんは言うだろう

“要好好表达出来啊”　　　　「もっとちゃんと気持ちを伝えなさい」って

按照妈妈的教导　　　　　　お母さんの教えの通りに

我要创造一个世界　　　　　村の縁側に

让所有媳妇都聚在村子的小广场　　若い奥さんたちが集まって

只带着勺子就能坐下来吃饭的世界　スプーンだけ持って来ればいい

那样的世界　　　　　　　　そんな世界を

我也会努力去实现　　　　　僕もつくってみるよ

妈妈啊　　　　　　　　　　お母さん

让我别再哭了　　　　　　　もう泣くのはやめたいんだ

목 차

민들레를 바라보며

Whenever You See a Dandelion

엄니
점심때 보고 왔는데
벌써 보고 싶어

엄만 민들레 보면서
우리 생각만 하나 봐
하루 종일
아픈 다리
쪼그리고 앉아
민들레만 돌봐

엄마야
이젠 그만하셨으면 해요
엄마 사랑으로
우린 낫지만
울 엄마 건강은 어떡해

엄니
지금은
보약 한 재 못 올리네요

Mom,
I just saw you at lunchtime,
but I already miss you again.
Mom,
Every time you see a dandelion,
you must be thinking only of us.
All day long,
with your aching legs,
you crouch down,
Devoted,
only for the dandelions.
Mom,
please,
I wish you'd stop now.
Though your love heals us,
what about your own health?
Mom,
right now
I can't even offer you a single tonic.

只要看到蒲公英

妈妈啊，

中午才见过，

怎么又开始想您了。

妈妈啊，

您是不是

每次看到蒲公英

都只想着我们呢?

整整一天，

双腿酸痛，

却蹲着不动，

一心一意，

只为那些蒲公英。

妈妈啊，

现在，

请不要再这样了。

虽然我们因您的爱而变得更好，

但妈妈，

您的健康又由谁来照顾?

妈妈啊，

如今连一剂补药

たんぽぽを見るたびに

お母さん

お昼に会ったばかりなのに

また会いたくなる

お母さん

たんぽぽを見るたびに

私たちのことばかり考えてるんでしょう

一日中

痛む足を曲げ

しゃがみ込んで

ひたむきに

たんぽぽの世話をして

お母さん

もう

やめてほしいのです

お母さんの愛で

私たちは元気になるけれど

お母さんの健康は 誰が守るの?

お母さん

今は

滋養の薬一つ届けられないけれど

할머니

큰 할머니
이분은
작은 할머니
나에겐 누구도 설명하지 않은

젖가슴 비치는 줄도 모르고
하염없이
보리 푸성귀
일구어 일구어

터벅 터벅 시장으로 이고 지고
달그림자 질 때
포대 머리에 이고
강아지 낑낑대는 소리 들리고

흔들리는 호롱불
김치 국물에 먼저 손 가네
참고 참은 밥 한술
찬물에 풍덩

아버지

어언 오늘이구나
저 하늘나라 와이프에게
큰소리로
이놈의 직장 때려친다

너희 눈동자가
퍼뜩 떠올라
어찌
안 떨리겠니

어언 오늘이구나
세상이 모두
이 사람 저 사람 다들 고맙구나
나의 분신 너희에게도

동그라미 마음

우리
어렸을 때
요놈 먼저
배우지요
꼭짓점 셋 삼각형
꼭짓점 넷 사각형

헤아리지 못할 형상
무수한 꼭짓점
오각형 육각형 ...
그다음에 원이라네
동글동글 마음부터
시작하면 좋았을걸

The Heart of a Circle

When we
were young,
we first
learned this:
Triangle － three corners
Square － four corners
Countless shapes
with countless corners
Pentagon, Hexagon ...
Then comes the circle.
But wouldn't it be better
to start with the circle?

圆的心　　円の心

我们

小时候

最先

学的是:

三个角的三角形

四个角的四边形

无数的

角的数量

五边形、六边形 ......

然后才是圆。

要是能从圆开始学

那该多好啊。

私たち

小さい頃に

最初に

習うのは――

頂点が3つ 三角形

頂点が4つ 四角形

数えきれない

頂点の数 五角形、

六角形 ......

そしてそのあと、円。

最初から円を

学べたらよかったのに。

분노의 질주

Fast & Furious

가화만사성으로 시작해
일체유심조에
정의란 무엇인가로 끝나는 영화

It began with peace at home,
Moved through
"All is created by the mind,"
And ended with the question
― "What is justice?"

속마음 얘기가 기도요
최고보다는
큰 사람이 되어야겠지요

A story in the heart becomes a prayer.
Rather than being the best,
I should strive to be greater in heart.

눈물을
짜내고 짜냈더니 그래도
마중물이 통하더라

After shedding tears,
Again and again,
Still,
The priming water finally flowed.

오늘도 터벅터벅 걷는다
스크린 같은 길바닥에서
룸바 스텝 한번 밟아 본다

Today, too, I walk step by step.
On the screen of the street,
I try one rumba step.

速度与激情　　　　　　　　ワイルド・スピード

以"家和万事兴"开始，　　　「家和万事成(家庭が和やかなら万事うまく
通过"一切唯心造"，　　　　　いく)」で始まり、
以"正义是什么"作为结尾。　　「一切唯心造(すべては心のままに)」を経
内心的话语，就是祈祷。　　　て、
不是要成为最强，　　　　　　「正义とは何か」で締めくくられる映画。
而是要成为更伟大的人。　　　　心の中の言葉は、祈りとなり
泪水，　　　　　　　　　　　一番を目指すよりも、
一次次地挤出来，　　　　　　もっと大きな人間にならなくては。
尽管如此，　　　　　　　　　涙を
引水终究还是通了。　　　　　何度もしぼり出して、
今天也一步一步地走着，　　　それでも、
在街道银幕上，　　　　　　　ついに湧水は通じた。
轻踏了一步伦巴舞。　　　　　今日も一歩一歩、歩いていく。
　　　　　　　　　　　　　　道端のスクリーンの中で、
　　　　　　　　　　　　　　ルンバのステップを一度踏んでみる。

나 바보다

I'm a Fool

울면

모든 곳이 바다 될 거잖아

넌 수영도 못하잖아

너는 왜

아픈 추억만

간직하며 살까

찾아봐

마음 구석구석

다 뒤져서라도

기뻤던 시간만

떠올리면서 살아

그렇지

자 지금 저 악몽의 과거

기억 회선을

싹둑싹둑 자르자

앞으론 악몽 꾸지 말도록

의도적으로

If you weep

Everywhere would turn to sea

And you can't even swim

Why do you hold

Nothing but painful memories

As we live on?

Search deep

Through every corner of your mind

Even if you choose

To live recalling only joyful times

Right.

Now —

Let's snip away

The memory lines

Of that nightmare-like past

From here on

Don't dream nightmares

By design

我是个傻瓜

若你哭泣 一切都会变成大海

而你根本不会游泳

为何人们

只将痛苦的记忆

紧握不放地活着?

去找一找

用尽整个大脑去搜寻

即便只剩快乐的片段可忆

没错。

现在——

将那如噩梦般的过去

记忆的线

统统剪断

从今以后

别再做噩梦

就算是刻意为之。

私、バカだ

もし泣けば

どこもかしこも海になってしまう

君は泳げもしないのだから

なぜ人は

苦しい思い出だけを

抱えて生きるんだろう

探してみて

脳の隅々まで探し回ってもいい

楽しかった日々だけを 思い出しながら生き

ても そうだ、さあ

今こそ

まるで悪夢のような過去の

記憶の糸を

すっぱり切り捨てよう

これからは

悪夢を見ないで

意図的に

새빨간 실

하루하루 삶 속에
새빨간 실낱으로
우리가 만났네요

푸른 소나무
단벌옷 벗고
새 자리에
싹 피우듯

우리 변함없이
골짜기에 귀울림 없이
영롱한 물처럼
몰래 졸졸거리네요

Red Thread

In the weary life of each day
We met as a thread
Like the green pine tree
Taking off its clothes for the year
And sprouting its numerous buds in a
new place
We unchangingly
Like the water flowing silently in the
valley
We quietly, secretly
Flow

命运红线

天天

在越来越疲惫的生活中

我们因命运之线相见

就像蓝松树

脱掉穿了一年的衣服

在一个新的地方

长出豆芽一样

我们保持不变

山谷寂静

犹如水流 静静地，

静静地 它流动

赤い糸

一日一日

疲れた生活の中で

赤い糸で

私達が出会いました。

青い松のように

年一回皮を脱いで

新しい場所に

その多くの芽が現れる

私たちは変わらず

谷の音なし

水が流れるように

静かに静かに

流れます。

本当にいいですね。

静かに静かに

流れます。

바람부는 금요일

Windy Friday

재깍 재깍
저녁을 향해 달려가네요
흔히들 말하죠
불금이라고

내 맘이
아주 느릿느릿 흐르네요
하루하루 익어감에
감지덕지해도

어째선지 오늘만큼은
재깍재깍 건전지를
빼버리고픈 충동이 생기네요

충동이놈이 살아있음에 감사하네요
내 심장에 다시
바람이 감도네요

Tick tock
tick tock
Running toward the evening
People often say
"Thank God it's Friday"
But my heart
flows
very, very slowly
Day by day
I grow older
and I should be grateful
Yet somehow,
just today,
Tick tock
tick tock
I feel the urge
to take the battery out
And I give thanks
that the urge is still alive The wind
blows again
into my heart

风起的星期五

滴答，滴答——

奔向黄昏

人们常说

"终于星期五了"

但我的心

却缓缓地

缓缓地流淌

一天一天

年岁渐长

应当心怀感恩

然而不知为何，

只有今天——

滴答，滴答——

我有种冲动

想把电池取出来

感谢

这冲动还活着

风又一次

吹进了我的心

風の吹く金曜日

カチッ カチッ

夕方へと走っていく

よく言うよね

「花金」って

でも私の心は

とても とても

ゆっくり流れている

一日一日

老いていくことに

感謝すべきだけど

なぜか

今日だけは

カチッ カチッ

電池を

抜きたくなる衝動が

その衝動がまだ生きていることに

感謝を

風が

私の心に

また吹いてくる

그대와 나

세상 속엔
색다른 세상 있지
만남은 거듭해 펴지는 교집합
살아서 끊임없이
살 떨리고 싶다
얼굴을 마주하고프다
내 맘속 석빙고 안에 무언가 있을까
겨울은 벌써 아스러지네
마음 깊은 곳에
나부터
향기로운 식량
더덕더덕 챙겨 놓아야지요
겨울은 되돌아올 테지만요

You and I

In this world,
there lies another world.
A meeting—an intersection,
ever unfolding,
because we are alive.
I long to feel the thrill,
to meet, face to face.
Is there something
inside the icehouse of my heart?
Winter is already slipping away.
In the heart of my heart,
I must begin—
gathering my own fragrant stores,
layer by layer.
Surely,
winter will come again.

你和我

在这尘世中，
藏着另一个世界。
相遇是交汇，
因为我们活着，
所以不断发生。
我渴望悸动，
渴望相遇。
在我心的冰窖中，
还藏着什么吗? 冬天悄悄离去了。
在心的深处，
我必须从自己开始——
一层一层，
准备好属于我自己的香气粮食。
这个冬天，
终将再次到来吧。

あなたと私

この世界の中に
もうひとつの世界がある。
出会いは交わり、
生きているからこそ
絶え間なく続いていく。
ときめいていたい、
向き合っていたい。
私の心の氷の蔵に、
何かがまだあるのだろうか。
冬はもう去っていった。
心の奥のさらに奥、
まずは自分から始めよう。
私だけの香る糧を、
少しずつ蓄えておこう。
冬はまた、
きっとやって来るのだから。

불행과 행복 사이

넌 왜 불행을 앞자리에 앉혀
네가 불행이라 그런가
나같이 이쁜 이
행복을 앞자리에 착 앉혀야지

불행 주인님
행복 주인님
전 꾀죄죄한 마음의 하인이어요
그럼
두 분이 나란히 앉으실래요
그건 또 싫어하시잖아요
행복 주인님은 어떠세요

불행아 이리 와 같이 앉자
싫어싫어
그렇담 우리 가위바위보 하자
우리 사이좋게
사람들 삶으로 번갈아 가기로
너 약속 어김 안 돼
끄덕끄덕

Between Misfortune and Happiness

Why do you let misery sit in the front
seat?
You call yourself misery.
You should give the front seat
to someone beautiful like me—
happiness.
Master Misery,
Master Happiness,
I'm just a humble servant of the heart.
Then,
how about sitting side by side?
But you two don't like that, do you?
What do you think, Master Happiness?
"Misery, come sit with me."
"No way, no way!"
Then let's play rock-paper-scissors.
Let's take turns,
living in people's lives,
getting along just fine.
You mustn't break this promise.
Nod, nod.

祸福之间

你为什么让不幸坐在前排?
你总说自己是不幸。
应该让像我这么美丽的幸福
坐在前排才对。
不幸主人,
幸福主人,
我只是颗无知的心灵仆人。
　那么,
你们要不要并排坐?
但你们又不喜欢那样,对吧?
幸福主人,您觉得呢?
"不幸啊,过来一起坐吧。"
"不,不要!"
那我们猜拳吧。
我们和睦相处,
在人们的生活里
轮流出现,好不好?
　这个约定不能违反哦。
点头、点头。

不幸と幸福の間

なんで不幸を前の席に座らせるの?
あなた、
自分のことを不幸だって言うけど、
私みたいにきれいな幸福を
前に座らせてくれなきゃ。
不幸さま、
幸福さま、
　私は何も知らない心の召使いです。
それじゃあ、
お二人で並んで座りませんか?
でも、それはお嫌いですよね。
幸福さま、どうですか?
「不幸、
こっちに来て一緒に座ろうよ」
「やだやだ!」
じゃあ、じゃんけんしよう。
仲良くしようよ、
人々の暮らしの中で
交代で登場するってことで。
この約束は絶対守ってね。
うん、うん。

내 삶은

20% 부족한 내 삶에
남몰래 흘린 눈물 모여
비가 되어
오늘 뿌려지네요

막잔 따르고 남은
소주 병의 쏘주만큼만
세상을 미워할래요

지금
그것마저 입안에 털어버리고
안주로
엄마가 담가준
시어 버린 김치 한 조각 먹으려
비 맞으러
나갑니다

Life is like

The tears I secretly shed
Over my life, that feels 20% insufficient
Have gathered and become rain,
and today, they are falling.
After pouring the last drink,
Just the remaining bit of soju
In the soju bottle,
I will resent the world.
Now,
I will even toss that back
As a side dish,
I will eat a piece of well-fermented
kimchi
My mother made it for me.
I am going out
To be rained on.

人生如

為我那不足 20% 的人生
偷偷流下的眼淚匯聚成雨
今天正在灑落。
倒完最後一杯酒後，
僅剩的少許燒酒
在燒酒瓶裡，
我要
怨恨這世界。
現在， 我甚至要將那也一飲而盡，
就著媽媽給我醃的
一塊酸泡菜當作下酒菜。
我要出去
淋雨。

人生とは

20％足りない
私の人生に
人知れず流した
涙が集まって
雨となり
今日は降っている。
後の酒を注ぎ終え
残った焼酎を
焼酎の瓶に
世の中を
恨んでやろう。
もう
それさえも
口の中に放り込んで
肴には
母さんが漬けてくれた
酸っぱいキムチを一切れ食べながら
雨に
濡れに行こう。

반성

나를 에워싼
시각의 잣대에
나 자신을 잠시 맡긴
어리석음에
온몸이 아파옵니다

내 삶 중
오늘 하루만 돌이켜봅니다
아주 형편없이 살았습니다
오늘이
이러할진대
어제와 그전엔 오죽했겠습니까

Self-reflection

I bitterly reflect
on my foolishness
in momentarily entrusting myself
to the standards of perspectives
around me.
I look back on just today
in my life.
I lived very poorly.
If today
was like this,
how much worse
must yesterday and before have been?

反省

我痛苦地反省

我一时的愚蠢

将自己托付于

周围人看待事物的标准。

我回顾 我人生中的今天。

我活得

非常糟糕。

如果今天 尚且如此,

　昨天和以前

又该是何等不堪?

反省

私の周りの

見る視点の物差しに

自分自身を

ほんの少しの間でも委ねてしまう

愚かさを

痛切に

反省します。

私の人生の中で

今日一日だけを振り返ります。

とても

ひどく生きてきました。

今日が

このようであるならば

昨日やその前は

どれほど酷かったでしょうか。

천인합일

Unity of Heaven and Man

몸뚱이 잠든 사이
마음이란 놈은
저 먼 산 너머 너머
시간 가는 줄 모르고
토끼와 손발 맞추고
사슴과 눈 맞아 놀다가
부랴부랴
육신의 주인이 뭐길래
돌아오나 보다

깨어나소서
주인님

My body sleeps
But this thing is called the heart,
Over there,
Beyond the distant mountains
Losing track of time,
Playing, matching steps with rabbits,
Meeting eyes with deer,
Hurriedly,
For what is the master of the flesh,
It seems to be returning.

Awaken,
My master.

天人合一

肉体沉睡之际，
名为心之物，
在那遥远的山那边
不知时间流逝
与兔儿并足嬉戏，
与鹿儿目光相接玩耍，
匆匆忙忙，
身躯的主人为何物，
看来是该回来了。
醒来吧，
我的主人

人間と自然の調和

肉体眠る間、
心というやつは、
あの遠い山の向こうへ。
時間が経つのも忘れ、
ウサギと足並みを揃え、
シカと目を合わせ遊び。
あわてて、
肉体の主とは何者か、
戻ってくるようだ。
お目覚めください、
主様。

세월 속
쟁기질하던 황소

The Bull in the Passage of Time

세월 속 사람이 난 참 좋다

왜일까

왜인지 물어볼까

저 떠가는 구름에게

아니다

내가 좋음 그냥 좋은 거지

세월 속 사람은

그만큼 손때를 남겨서

세월 속 거짓은

삭아 없어지고

참사랑이 남아서

나부터

세월 속 사람이 되자꾸나

이랴

이랴

그립구나

쟁기질하던 황소

그댄 어디에 있소

I Truly like people in the passage of time

Why is that

Why could it be

Shall I ask

The drifting clouds

No

I like them simply because I do

People in the passage of time

Bear the marks of time

In the passage of time

Falsehood

All fades away

True love remains

Let me too

Become a person in the passage of time

Gee up

Gee up

I long for

The bull plowing the field

Where are you

時光裡的大公牛

我真喜欢岁月里的人

为什么呢

为什么呢

要问问

那飘逝的云朵吗

不我喜欢只是因为我喜欢

岁月里的人

是因为有岁月的痕迹

岁月里的

虚假

都消磨殆尽

唯有真爱存在

我也要 成为岁月里的人

驾驾我想念

耕地的大公牛

你在哪里?

年月中の黄牛

私は

歳月の中の人が本当に好きだ

なぜだろう

なぜだろう

あの流れていく

雲に聞いてみようか?

いや

好きなものはただ好きなんだ

歳月の中の人は

歳月の痕跡があるからだ

歳月の中の

偽りは

みな

朽ち果てて

真の愛があるからだ

私も

歳月の中の人になろう

おい

おい

田を耕していた

黄牛が恋しい

君はどこにいる

그 섬

That island

비어 있는 섬
세월 가면서
자연스레 호흡은 하는

오늘따라
한 발짝씩 착실히
고개 치켜들고
하늘 쳐다보며
그 섬을 향한다

내 심장의 섬
그 둘레길을
맨발이 갈라지도록
행군하듯 걷는다
속마음 봄하늘 찾아
파랑새를 찾아서

That empty island
As time goes by
The breath of nature lives on
But today

Standing step by step
Head held high,
Looking at the sky
Towards that island
The island of my heart
The surrounding path,
Until my bare feet are blistered,
I walk and walk again
Searching for the spring of my heart,
Searching for my own bluebird

那个岛屿

空荡荡的那个岛屿

随着岁月流逝

自然的呼吸依然存在

今天

一步一步地

抬起头

望着天空

朝向那个岛屿

心中的岛屿

环岛小路

光着脚走到脚底磨破

不停地走啊走

为了寻找心中的春天

为了寻找只属于我的那只青鸟

あの島

あの空っぽの島

時が過ぎても

自然の息吹は生き続ける

でも今日は

一歩一歩

頭を高く上げて

空を見上げながら

あの島へ

心の島へ

周りの道を

裸足に水ぶくれができるまで

また歩き続ける

心の春を探し求めて

自分の青鳥を探し求めて

잔소리

딱 이거 하나만

처음이라
사랑 표현을
몰랐던 거야
아빠의 욕심이
사랑인 줄 아는
바보였던 거야

이제 알았어
진짜진짜 중요한 건
우리 딸
네 최상의 행복인 것을
너의 삶이니

그래도
열아홉 넘은 뒤다
아빠 잔소리는
굳게 마음먹었지
열아홉 살까지는

Nitpicking

Just this one thing—
I didn't know
how to express love.
It was my first time.
Dad's selfishness—
I thought it was love.
I was a fool.
But now I understand.
Truly,
the most important thing
is you, my daughter,
being truly happy.
It's your life.
Still—
after you turn 19,
no more nagging from Dad.
I made a firm promise.
Only until 19.

小米子話

就这一件事——
我不知道
如何表达爱。
那是我的第一次。
爸爸的自私，
以为那是爱，
我是个傻瓜。
但我现在明白了。
真正
最重要的事情是：
你，女儿，
真正地幸福。
这是你的人生。
不过——
等你过了19岁，
爸爸绝不再唠叨。
我下了决心，
只唠叨到19岁。

小言

愛の表し方を
初めてで
分からなかったんだ
お父さんの欲が
愛だと思っていた
バカだったんだ
今やっと分かったよ
本当に
一番大切なのは
お前——
娘が
幸せであること
それがお前の人生だから
でもな、
19を過ぎたら
お父さんの小言は一切なし
固く心に決めたんだ
19歳までって

일신의 칼날

내 마음의 바다에
찌 없는
낚싯대 드리우고
딸랑딸랑
방울 소리 딸랑딸랑 울리길
오래 기다렸다네

기다리는 동안
몹시 답답해
바다에 비친 나의 모습
물끄러미 바라보니
꽤 무뎌졌구나

기다리는 동안
어차피 녹슨
내 일신의 칼날 함 갈아보려
큰맘 먹고 실행하려 하네

칼날 갈 땐
정신을 칼끝에 집중해야 하건만
자꾸
방울에 시선이 가는 건 왜인지
내가 오늘도 이루지 못한 건
마음 비우는 일

The Blade of One Body

I've been waiting for years to cast a
fishing rod
without a trace
intheseaofmyheart
and hear only the sound of the bells
tinkle tinkle tinkle tinkle
I've been waiting
for so long
that I've become dull
while I've been waiting
I've been staring at my reflection in
the sea
for a long time
and I think
I've become so dull
Anyway
while I've been waiting
I've decided to sharpen my blade
that's rusted
and I'm trying to put it into practice
When I sharpen my blade
I have to focus my mind on the tip
but why do my eyes
keep going to the bells
I wonder
what I haven't accomplished today
is emptying my heart

一己之刃

在我心之海
垂下
无漂之钓竿
叮铃 叮铃 叮铃 叮铃
数年
只盼铃声响
等待之时
太过烦闷
凝视
海中我的倒影良久
心想
"太过迟钝了啊"
反正
等待之间
甚至已锈蚀的
我的一己之刃
决心
试着磨砺一番
并努力
付诸实践
磨刀之时
理应精神
集中于刀尖
为何
目光总被铃铛吸引
为何呢
今日
我未能成就之事
乃是放下我心

己の刃

私の心の海に
浮きのない
釣り糸を垂らし
チリン チリン チリン チリン
鈴の音だけが鳴るのを
幾年
待ち続けてきた
待つ間
ひどく もどかしく
海に映る私の姿を
しばらくの間
じっと
見つめていると
「ひどく鈍くなったな」と思った
どうせ
待っている間に
錆びついてさえしまった
己の刃を
一度研いでみようと
決心し
実行に移そうと
努力している
刃を研ぐ時は
精神を刃先に
集中しなければならないのに
どうしても
鈴に目が行ってしまうのは
なぜだろうか
今日も
私が成し遂げられなかったのは
心を空にすること

봄비

빗방울 하나 둘
심장에 뿌려지네요
아련한 추억과 함께
나의 내면에

하나 둘 어느새
나도 모르게
하나둘씩 눈에 맺힌
눈물 두 방울
데구루루
데구루루

Spring Rain

Raindrops, one by two
Sprinkle onto my heart
Along with faint memories
Into my inner self
One by two

Before I knew it
Gathered in my two eyes
Two drops of tears
Rolling down
Rolling down

春雨

雨滴 一颗两颗

洒落在我的心房

伴着朦胧的回忆

渗入我的内心深处

一颗两颗

不知不觉间

凝聚在我的双眼

两滴泪珠

咕噜噜

咕噜噜

春雨

雨粒 ひとつ ふたつ

私の心に

降りそそぐ

かすかな思い出とともに

私の内面に

ひとつ ふたつ

いつのまにか

私の両目に溜まった

二粒の涙

ころころ

ころころ

0

투기가 아닌
진정
투자를 가르치시려거든
이해하기 힘든
0부터 가르치시라
1 2 3 4 ...
어찌어찌해서든
0에 더하기를 배운다

0을 모르니 고달프다
인생사라
그냥 가다 보니
한 번 인생
0으로 돌아오더라

0

If you want to teach true investment,
not speculation,
Teach from 0, which is difficult to
understand
1 2 3 4 ...
Learn to add to 0, no matter what
If you don't know 0, you're screwed Life
If you just keep going,
you'll come to 0

0

要真正地教导投资，
而不是投机，
就要从零开始教起，
即使难以理解。
无论如何都要学会从零开始加。
1234…
如果不懂得零，
就会很辛苦。
人生，
如果只是顺其自然地走下去，
最终都会归于零。

0

投機ではなく、
真の投資を教えるならば、
たとえ理解が難しくとも、
ゼロから教えよ。 1234…
何をしてでも、
ゼロに足し算することを学ぶのだ。
ゼロを知らなければ、
苦労する。
人生とは、
ただ過ぎていけば、
いずれゼロに還るものだ。

덜커덩 삐거덕

방문이 덜커덩
창문의 삐거덕 소리에
눈을 뜨네요
빙그레 웃음이 나네요

당신과 차이 나는 마음으로
살아오면서
덜커덩 삐거덕거린 세월
지그시 눈 감고서
내 마음에 당신 마음 그려봐요

세파 가운데
얼추 서로서로의 이해와 양보로
당신 마음 떠올려 보니
차디찬 바람이
첫여름 훈풍으로 변하네요

삐거덕 덜컹
겨울바람님
당신 마음과
하나이고픈 겨울입니다

Creak Clang

The door's creak clang
The window's creak sound
Makes me open my eyes
A soft smile
My own smile blooms
Our hearts are different
As we have lived
Creaking and clanging
Through the years
Gently
Closing my eyes
Within my heart
I draw your heart
Amidst the storms of life
Now almost
Through each other's understanding
and compromise
Now
As I recall your heart
The icy cold wind, too
Transforms into the heat of early
summer
Creak clang
Winter wind
I want to become one
With your heart

親愛的鴿子　　　　　　　　ダークダンピガドク

房門的咯噔聲　　　　　　　ドアのがたぴし

窗戶的吱呀聲　　　　　　　窓のぴしぴしという音に

讓我睜開了雙眼　　　　　　目を覚ます

微微地　　　　　　　　　　にっこりと

我獨自的笑容浮現　　　　　私だけの笑顔がこぼれる

因為和你的心不同　　　　　あなたと心が違って

在人生的旅途中　　　　　　生きてきた中で

一直咯噔 吱呀地　　　　　　がたぴしとなっていた

走過歲月　　　　　　　　　歲月の中に

靜靜地　　　　　　　　　　じっと

閉上雙眼　　　　　　　　　目を閉じて

在我的心中　　　　　　　　私の心の中に

描繪你的心　　　　　　　　あなたの心を描いてみる

在世事的波濤中　　　　　　世の荒波の中で

如今　　　　　　　　　　　今はほとんどお互いの理解と譲り合いの中で

大致在彼此的理解和讓步中　今はあなたの心を思い浮かべると

如今　　　　　　　　　　　冷たい風も初夏の熱気に変わる

想起你的心　　　　　　　　がたぴし

連這冰冷的寒風　　　　　　冬の風よ

也變成了初夏的熱情　　　　あなたの心とも

咯噔 吱呀　　　　　　　　　一つになりたい

冬天的風啊　　　　　　　　この冬

也想與你的心

合為一體

這個冬天

어제와 오늘

어제와 오늘
뭐가 그리 크게 달라졌길래
지금
삶을 마감하고픈 맘이 드는지
아마
바깥 변화보다는
마음이란 자의 변덕일 거다

마음의 창고에
희망이란
노란 풍선 빨간 풍선을
여유 있을 때마다 사두자

유효 기간은
종착역에
도착할 때까지란 걸
확인하는 센스 발휘하면서
마음이란 자에게
모터 하나 달아 두어야지
힘들고 지칠 때
자동으로
희망 풍선을
불어주도록 말이다

자!
어떤 풍선과 데이트할까

Yesterday and today

What changed so drastically between
yesterday and today
Now
The thought of ending my life enters
my mind?
Perhaps
More than outward changes
It's the fickleness
Of this thing called the heart.
Let's buy
Yellow and red balloons
Of hope
Whenever we have time
In the warehouse of our hearts.
Of course,
With the sense to confirm that their
expiration date
Is it until we arrive
At the final station.
I should install a motor
In this thing called the heart
So that
When I'm tired
And exhausted
It will automatically
Inflate balloons of hope.
Now!
Which balloon
Shall I date?

昨天與今天

昨日与今日
究竟是何巨变
竟让此刻
萌生结束生命的念头?
或许
比起外在的改变
更多的是
这名为"心"之物的
变幻莫测吧
在心灵的仓库里
让我们在有余裕之时
多购置一些
名为希望的
黄色和红色的气球
当然
也要发挥一下
确认其有效期
直至抵达 终点站
真该给
这名为"心"之物
装上一个马达
疲惫
厌倦之时
能够自动地
吹起希望的气球
那么!
现在
该与哪个气球
约会呢?

昨日と今日

昨日と今日
何がそんなに大きく変わったというのだろう
今人生を終えたい気持ちが
湧き上がってくるのだろうか!
おそらく
外形的な変化よりも
心というものの
気まぐれなのだろう
心の倉庫に
希望という
黄色や赤い風船を
余裕があるたびに
買っておこう
もちろん
有効期限は
終着駅に
到着するまでだというも
発揮しながら
心というものに
モーターを一つ
付けておこう
辛くて
疲れた時
自動的に
希望の風船を
膨らませるように
ろう
さて!
今は
どの風船とデートしようか

오네 오네

하늘 향해 손짓발짓
아무리 몸부림쳐 봐도
눈 하나 끔뻑 하나 않던 세월에
산촌을 지키는 새댁
오네 오네

얼나 기저귀 물 빨래하는
얼어 굽은 차디찬
손가락 끝에
울며불며 아기가
젖 달라 보채며
뒤척이다 지쳐 힘겹게 잠든
차디찬 이마에
오네 오네

호호 부는 찬바람에
한 끼 밥 위해
밤새 두들기는 컴퓨터 자판 위
굳은 손가락 끝에
오네 오네

사그락사그락 세월 흘러
어김없이
마음에 소리 없이
봄은 이렇게 도착하네

Oh yeah, oh yeah

Reaching and gesturing towards the sky,
No matter how I struggle and write,
The passage of time,
without a blink, Flows on.
A young bride guarding a
mountain village,
Washing her child's diapers,
Her frozen, bent, and chilled
Fingertips.
Wailing and crying,
The child,
Clamoring for mother's milk,
Tossing and turning, exhausted,
falling into a heavy sleep,
On that chilled forehead, too,
Oh yeah, oh yeah
In the cold wind,
Blowing on hands,
for a bowl of rice's life,
Typing away all night,
On the computer keyboard,
On my stiff fingertips, too,
Oh yeah, oh yeah
Rustle, rustle, time flows,
Unfailingly,
Silently within my heart,
Spring arrives like this

是的、是的

朝着天空 手舞足蹈

无论如何 挣扎翻腾

岁月流逝 眼也不眨

悄然无声

守护山村的新娘

清洗孩子的尿布

冻僵弯曲 冰冷的

那双手

哭喊着

那孩子

哭闹着要妈妈的奶

辗转反侧 疲惫地沉睡

在那冰冷的额头上

是的，是的

寒风中

呵着气 为了那碗饭的人生

彻夜敲击着

电脑键盘上

我僵硬的指尖

是的，是的

沙啦沙啦 岁月流逝

毫不迟疑

悄无声息地 在我心中

春天就这样

はい、はい

空に向かい 手振り身振り

いくら 身もだえしても

まばたき一つ しなかった

歳月の流れの中に

山村を守る若い嫁

その子のオムツを水洗いする

凍てつき曲がった 冷たい

その指先にも

泣きわめき

その子が

お母さんにお乳をせがみ

寝返りを打ち 疲れ果て 眠る

冷たいおでこにも

はい、はい

冷たい風の中

ハーハー息を吹きかけ 一杯の飯の

糧のために

夜通し 叩く

パソコンのキーボードの

私の指先にも

はい、はい

サラサラと歳月は流れ

間違いなく

私の心の中に 音もなく

春はこうして

생업

In the world of the circle,

동그라미 세상에서
우리 모두
일인자의 세상을 향하여
나아가자

Everyone,

Each one,

Towards a world of number one,

Let us advance.

자본주의 사회가
우리네 삶일지니
목숨을 부지하며
오늘을 살아냈다는 것은 보상
우리 웃어요

In this capitalist society,

Our lives, therefore,

Reward is

For the sake of sustaining life,

Living through today,

We smile.

날아가는 새들이
내 그림자를 보며
웃어주네요
다리를 쭈욱 펴고
날개는 하염없이
퍼덕이면서

Even the flying birds

Look at my shadow

And smile.

Stretching their legs out long,

Wings flapping endlessly,

Fluttering, fluttering

工作

在圓的世界裡，
　所有人，
每個人，
朝著第一的世界，
前進吧。
　在這資本主義社會裡，
我們的生活，因此，
回報是 為了維持生命，
度過今天，
我們微笑。
連飛翔的鳥兒
看著我的影子
也笑了。
伸長雙腿，
翅膀不停地
拍打著，
扑棱扑棱地。

仕事

円の世界で、
　皆、
各々が、
一番の世界へと、
進んでいこう。
資本主義社会の
我々の人生だから、
報酬は
生きるために、
今日を生きながら、
笑おう。
飛んでいく鳥たちも
私の影を見て
笑っている。
脚をまっすぐに伸ばしながら、
羽はひたすら
パタパタと羽ばたきながら。

오늘

난 나를 웃기지 못했어요
99번밖에
난 내게 좋은 선물을
사주지 못했어요
장미 100송이도요
난 나를 안아주지 못했어요
시간 없다는 무관심으로요
입맞춤도 나한테 못해줬어요
아주 간단한데
거울을 보며 입술을 오므려
뽀뽀하면 되는데도요

Today

I couldn't make myself laugh —
only 99 times.
I couldn't buy myself a good gift,
not even 100 roses.
I couldn't embrace myself,
blaming it on lack of time,
a quiet neglect.
I couldn't give myself a kiss —
though it's so simple,
I could've just puckered at the mirror.

今天

我没能让自己笑出声——
只笑了99次。
我没能送给自己一份好礼物，
连一百朵玫瑰都没有。
我没能拥抱自己，
总说没时间，
其实是冷漠。
我也没能给自己一个吻——
其实很简单，
对着镜子"啵"一下就好。

今日

自分を笑わせてあげられなかった——
たった99回しか。
自分に素敵なプレゼントも買えなかった、
バラ100本もね。
自分を抱きしめてあげられなかった、
「時間がない」って、
それはただの無関心だった。
キスもしてあげられなかった——
とても簡単なのに、
鏡を見て「チュッ」とすればよかっただけ。

설레는 맘

참 오랜만에
살갑고 정든
내가 살아온 이야기 전부
다 아는
나 영혼의 친구
만나러 간다
아 심장이 동동댄다
살 떨린다
얼른 가야지

어라 머리에 새집 만들어졌네
아무렴 어때

우리 집 뒷산의
풀과 나무 구름 위 새들아
영혼의 친구들아
내가 간다
기다려줘

Fluttering Heart

It's been so long
I'm going to see
My soul friend
Who knows everything
About my life and stories
So dear, so familiar
Ah, my heart flutters
It trembles
I must hurry
A bird has built a nest
On my head —
So what?
The grass, trees, birds, and clouds
On the hill behind my house
My soul friends
I'm coming
Please wait for me

悸动的心

好久不见

我要去见

那位了解我人生一切的

灵魂朋友

那位深深爱着的朋友

啊，心跳不已

颤抖不止

我要赶快出发

头上筑起了鸟巢

又怎样呢

我家后山的

一草一木、一鸟一云

我的灵魂朋友们

我来了

请等我一下

ときめくこの心

本当に久しぶりに

心から親しんだ

私の人生をすべて知っている

魂の友に

会いに行く

ああ、胸がときめく

震える

早く行かなきゃ

頭の上に鳥の巣ができちゃった

まあ、いいか

うちの裏山の

草一本、木々、鳥、雲たちよ

魂の友たち

今行くよ

待っててね

나의 님 실은
바구니 자전거

My Beloved on a Basket Bicycle

<table>
<tr><td>

바구니 달린 자전거에

풍성한 꽃님들 싣고

달려가네요

쌩쌩

호로록호로록

빵 빵

신호 대기 중에

들리는 잡소리

조금 더 조금만 더

임에게 가는 길

보여줄 바구니 자전거

나는 왜 이리 행복한지요

어느새 내 옆에

왕 모기 한 마리 ...

나도 왕이다

하하하하

이 느낌 같이 느끼자꾸나

너도

바구니 자전거 달고 날아왔니

</td><td>

On a basket bicycle

Carrying boundless flower-like loves

I ride on

Whee-whee

Slurp-slurp

Honk honk

Sounds I hear

While waiting at the traffic light

Just a little more, just a little more

My way to go

To my beloved

To show

My basket bicycle

Why am I

So happy?

Beside me

Before I knew it

A big mosquito ...

I am also king

Hahahaha

Let's feel this feeling together

You too

Did you fly here

On a basket bicycle?

</td></tr>
</table>

我的爱人乘坐的篮子自行车

在装有篮子的自行车上

载着无尽的花儿般的爱人

飞驰而去

嗖嗖

呼噜呼噜

叭叭

红灯等待中

听到的声音

再一点点，再一点点

我该走的路

给我的爱人

展示 我的篮子自行车

我为何

如此幸福?

在我身旁

不知何时

飞来一只大蚊子 ...

我也是王

哈哈哈

一起感受这份感觉吧

你也是 骑着带篮子的自行车

飞来的吗?

愛しい君を乗せた籠付き自転車

籠付きの自転車に

限りない花のような君たちを乗せて

走り出す

ヒューヒュー

ズルズル

プップー

信号待ちの間に

聞こえてくる音

もう少しだけ、もう少しだけ

私の行く道

愛しい君に

見せる

籠付き自転車

私はなぜ

こんなにも幸せなのだろう

私の隣に

いつの間にか

大きな蚊が一匹 ...

私も王だ

ハハハハ

一緒にこの気持ちを感じよう

君も

籠付き自転車に乗って

飛んできたの?

하루살이의 위대함   Mayfly

하루살이구나

오늘을
기분 내키는 대로
최선을
마치 오늘 하루만인 듯

내일 걱정은 없다
섭리대로 사는 하루하루

바람 따라 구름 따라
그날그날
어떠하리
이 삶조차
내가 욕망하니

나 스스로
하루살이를
만들었구나

I am
a mayfly.

Today,
following
My own feeling,
With all my best,
as if it's the only day.

Tomorrow,
There are no worries.
Day by day, living following providence.

Following the wind, following the clouds,
Day by day,
So what?
This life, too,
is what I desire.

I myself
created
this mayfly life.

<table>
<tr><td>

蜉蝣的伟大

我是

一只蜉蝣。

今天，

遵循

我自己的感觉，

尽我所能，

仿佛是最后一天。

明天，

没有担忧。

日复一日，顺应天意而活。

随风，随云，

每一天，

那又怎样?

这生命，

也是我所想的。

我自己

创造了

这蜉蝣的一生。

</td><td>

カゲロウの偉大さ

私は

カゲロウだ。

今日

自分の

感じるままに

精一杯

まるで 最後の日であるかのように。

明日の

心配はない。

天の摂理に従い生きる日々。

風に従い、雲に従う、

その日その日 どうでもいいさ。

この命も 私が望んだのだから。

私自身が

カゲロウという生を

創ったのだ。

</td></tr>
</table>

마음

내 현실은

날

유능한 뱃사람으로

만들기 위해

거세게 휘몰아치는

폭풍 속 바다일지언정

언제나

내 깊은 속마음은 잔잔한

바다였으면 해요

내 마음

바로

내가 다스리리

Mind

My reality,

Even if it is a sea in a

violently raging storm

To make me

A capable sailor,

Always,

My deep heart

I hope it will be

A calm sea.

My mind,

I must govern it myself.

心

我的现实，
即使是为了将我
磨练成一名能干的水手
而狂风骤雨的海洋，
也愿我的
深邃内心
永远是 一片平静的海洋。
我的心，
 必须由我自己掌控。

心

私の現実は、
たとえ私を 有能な船乗りとするための
激しく吹き荒れる
嵐の海のようであっても、
いつも、
私の深い心は
穏やかな
海であってほしい。
私の心、
自分で律しなければならない

돌아보며
나도 하나 되네

지구촌 시대
시골 촌사람 나
강쌍호
촌 동네
마실 나왔네요

생존 경쟁 속 나
그야말로
피가 철철철 흐르는
야생의 정글보다도
지독하리만큼
단지 나만 존재해야 하는
21세기 지구촌
삶 어쩌면 당연할지도

잠깐
여기서 제발 잠깐
나를 내려나 줘요
옆을 봐요
마음을 열어요
우린 동지예요
돈을 부르는 대로 줄 테니
짐을 빠르게 옮기라 한다
우린 그렇겐 못 해요
영혼이 따라 올 시간을
줘야 해요
기다려 줘요

Looking Back, I Too Become One

In the era of globalization,
I, a rural villager,
Kang Ssangho,
have stepped out from my
countryside town
to visit the world.
In this survival race,
I find myself
in a world fiercer than
a jungle soaked in blood.
In this 21st-century global village,
where only I must exist,
perhaps that's just how life is.
But wait—
just a moment, please.
Let me lay myself down.
Look beside you.
Open your heart.
We are comrades.
"Name your price, just move the
luggage quickly!"
we're told.
But we can not comply.
We must allow time
for the soul to follow.
Please wait.

回望中，我也融为一体

在这个地球村时代，
我，一个乡下人，
姜雙虎 从我的村庄里走出来，
踏上了探访之路。
在这场生存竞争中，
我仿佛
身处比血流成河的野蛮丛林还要
残酷的世界，
在21世纪的地球村，
仿佛只有"我"能存在的
生活，
或许，这就是现实。
请等等，
拜托，稍等一会儿。
让我放下自我，
看看身边的人，
敞开心扉，
我们是同志。
"只要能叫得出价钱，
就快点把行李搬了!"
他们说。
但我们不能那样做。
因为灵魂
需要时间追随。
请耐心等待。

ふりかえれば、私も一つになる

地球村の時代
田舎者の私は
カン・サンホ
田舎町から
ちょっと出てきました
生存競争の中の私は
まさに
血がドクドク流れる
野生のジャングルよりも
過酷で
ただ「私」だけが生き残らなければならな
い21世紀の地球村の
この人生
それもしかたないことかもしれません
ちょっと
ここで、ほんの少し
私を下ろしてください
隣を見てください
心を開いてください
私たちは同志です
「お金はいくらでも払うから
早く荷物を運べ」
私たちはそれはできません
魂が追いつく時間が
必要なのです
どうか
待ってください

영혼에 영양분 섭취하는 날

오늘은
영혼에 영양분 섭취하는 날
자 눈을 지그시 감고
일어날 일 걱정은
잠시 뒷간에 버려버리고
저 광활한 하늘을 생각하며
깊이 아주 깊게
호흡 한 번 하자

자궁에 살 때
기억들을 떠올려 보자
어머니 인체의 바다에 몸담고
딸랑
탯줄이란 호수 하나 매고
서로의 믿음 하나로
태어나지 않았나

웃음이 저절로 나오네
이 웃음이야말로 영양분
영혼이 살찌는 이 느낌

로또 꿈에서 깨
새 하루를 시작한다

A Day to Nourish the Soul

Today is
A day to nourish the soul.
Now,
Gently close your eyes,
Even if worries about
what will happen arise,
Cast them away for a moment,
Like discarding them in the outhouse,
And while thinking of the vast, blue sky,
Breathe deeply, deeply, deeply.
Let's recall
The memories of
when we were in the womb.
Embraced by the ocean of
our mother's body,
Connected by only
A single lake called the umbilical cord,
Didn't we come into this world
With just mutual trust?
A chuckle naturally escapes.
This laughter itself is nourishment,
The feeling of the soul growing plump.
I awaken from the Lotto Dream.
It's the beginning of another day.

滋养灵魂的日子

今天是
滋养灵魂的日子。
来，
轻轻闭上眼睛，
即使 对未来的担忧，
也暂时把它们抛到一边，
就像扔进厕所一样，
想着那广阔蔚蓝的天空，
深深地，深深地，深深地 呼吸吧。
让我们回忆 在子宫里的记忆。
身处母亲身体的海洋里，
只靠着 一根名为脐带的湖泊连接着，
我们不正是依靠彼此的信任
而诞生的吗?
不禁笑出声来。
这笑容本身就是营养，
灵魂变得丰盈的感觉。
从睡乐透梦中醒来，
又是新的一天的开始。

魂に栄養を摂る日

今日は
魂に栄養を摂る日
さあ
そっと目を閉じて
たとえ起こる心配事だとしても
しばらくの間でも
便所に捨ててしまって
あの広大な、青い大空を思いながら
深く深く深く
呼吸しよう
子宮にいた時の
記憶を思い出してみよう
母親の身体の海に
身を浸し
たった
へその緒という湖一つ背負って
互いの信頼一つで
生まれたのではなかったか
笑みがこぼれるね
この笑みこそ栄養分
魂が肥える
その感じ
ロト夢から覚める
また違う一日の始まりだな

장자와 디오게네스

원래 삶은 없었던 거야
실없는 숙명 앞에서 외치면서
상대적 가치에서 훨훨 날아
진정한 자유는 어디에 있는지

인생은 잘 놀다가는 건가
이곳저곳 목적 없이
한가로이 유한한 시간을 버리는
장자는 아내 죽음에 북 치며 노래했다지

제비 참새는 큰기러기 고니 마음 모르는데
큰기러기 고니가 제비 참새 마음은 아는지
곤 물고기 삼천리 붕새 구만리
인간은 만물의 척도인지

고대 그리스
디오게네스
오로지 옷 한 벌과 애오라지 물 컵 하나
그나마 그 컵도 버려버렸다지

한 살배기

이미 고3 딸, 고1 아들이 있죠
그런데
한 살배기가 이제 막 태어났어요
예쁜 애를 보듬고 하늘 보고
숨을 죽였죠
아기가 내 눈물을 볼까 봐
엉 엉 나 우는 소리 들을까 봐

올여름엔 이 마음처럼
큰비가 자주 내리네요
정신 차려야죠 정신 차려
이쁘다 이쁜 내 새끼
살이 찌고 뼈가 되게끔
맛난 음식 어서 만들어 먹여야죠

어느새 눈앞에 뿌연 안개가 ...
허허
벌써 노안 되면 안 되는데
한 살배기 어서 키워
돌잔치 해줘야 하는데
눈가에 물기 쓱싹 하네요

진정 무엇이

웃어보시오
봄에 웃으면
가야 할 길이 나타날 거요
왜 그러한지 웃어보시오

마음 안에
그대 스스로만의 답
그 답은 있었소이다
오래전부터
단지
한눈에 이제 보일 뿐이오
자 떠나봅시다

What Truly Is It

Smile

Smile in spring

Then, the path you must go

Will appear

Why?

Smile.

Within that heart

Your own

Answer lies

That answer

Has been there

All along

Now

It simply

Becomes visible

Come,

Let us depart

真正的是什么

笑吧

在春天里微笑

你该走的路

就会显现

为何?

笑吧

在你心中

你自己的

答案就在其中

那个答案

其实很早以前

就已经存在

只是

现在

你终于看见了

来吧,

出发吧

本当に何が

笑って

春に笑って

進むべき道が

見えてくるでしょう

なぜかって?

笑ってください

その心の中に

あなただけの

答えがある

その答えは

ずっと昔から

そこにありました

ただ

今見えるようになっただけ

さあ、

旅立ちましょう

짱으로 살자

Let's live as the best

나보다는

너를 위해

무조건

나는 들어야 해

반복해서 무조건 들어야 해

알잖아

미안했어

행하지 못한 나 대신

위대하여라 그대여

More than myself,

For you,

Unconditionally,

I must listen,

And again, unconditionally.

You know, right?

I was sorry.

In place of my unfulfilled actions,

Be great.

以最棒的姿态活着

不是为了我，
而是为了你，
必须无条件地
倾听，
 再一次，无条件地。
你知道的，
对不起。
替我这个无法实践的人，
伟大吧。

最高で生きよう

自分よりも
君のために
無条件で
聞いてあげなければ
また、無条件で。
わかってるだろ?
ごめんね。
実行できなかった私の代わりに
偉大であれ。

연

연을 따라서 만나죠
너랑 나랑 우리들이

오늘도 연을 추적해서
귀여운 제자들이
폭염에 얼굴 벌게져서
찾아오네요
오늘 같은 날
그 연줄 들고서
뒷동산 가고 싶네요
이처럼 아름다운 날

언젠가는
우리 ...

Kite

Climbing the back hill,
we coat the kite string
with shards of glass.
Following the kite,
we meet —
You and I,
all of us.
Again today,
chasing the kite.
Even in this scorching heat,
my lovely students
come to find me,
their faces flushed red.
On a day like this,
I want to hold that kite string
and go to the back hill —
such a beautiful day.
Someday,
we will ...

风筝

追逐着风筝，

我们相遇——

你和我，

还有我们大家。

今天也

追着风筝。

在这酷热中，

可爱的学生们

脸庞涨红

跑来找我。

像今天这样的日子，

真想拿着那根风筝线

上后山去——

多美的一天啊。

总有一天，

我们会……

凧

凧を追って

出会うんだ

君と僕と

私たちみんなが

今日も

凧を追って

この酷暑の中でも

愛しい生徒たちが

顔を真っ赤にして

会いに来てくれる

今日みたいな日は

あの凧糸を持って

裏山に行きたくなる

なんて美しい日なんだろう

いつか

私たちは——

인생의 꽃

Flower of Life

길을 걸어갈 때

길 한 모퉁이에

숨죽여 몰래몰래

숨바꼭질 술래처럼

앗 너 나와라

마침내 찾아낸다

빨리빨리 나와라

다음은 네 차례다

이리 한참 놀다

아

생의 참꽃 진달래 구하러

숨바꼭질 술래처럼

나는 오늘 떠난다

When I walk along the path

At a corner of the road

Silently, secretly

Like a seeker in hide-and-seek

Finally, I've found it

Ah! You, come out

Quickly, quickly, come out

Now it's your turn

After playing like this for a while

Ah —

Now, to find the true flower of

my life Like the seeker

in hide-and-seek

Today, I set off

人生之花

走在路上
在拐角处
　悄悄地，偷偷地
像捉迷藏的"找人者"一样
终于找到了
啊!你出来吧
快点，快点出来
接下来轮到你了
玩了好一会儿
啊—— 现在，
为了找到我人生真正的花
像捉迷藏的"找人者"一样
今天出发

人生の花

道を歩くとき
道の角で
ひっそりと、こっそりと
かくれんぼの鬼のように
ついに見つけた
あっ、君、出ておいで
早く早く出ておいで
次は君の番
しばらくこんな風に遊んで
ああ——
今こそ私の人生の本当の花を見つけに
かくれんぼの鬼のように
今日は出発する

하늘

이쁘다

아 아
나에게는 아직
예쁨을 볼 눈이 있었네

참으로 어여쁘다
이쁨을 보기 위해
마구 달려본다

이쁜이가 날 따라온다네

Sky

Beautiful
Ah
I still have
eyes that can see beauty
Truly beautiful
To see the beauty
I run recklessly
And the beauty follows me

天空

真美啊

啊原来我

依然有看见美的眼睛

真的很美

为了看见美

我拼命奔跑

美跟着我跑

空

きれいだ

ああ

僕にもまだ

美しさを見る目があったんだ

本当にきれいだ

美しさを見るために

夢中で走ってみる

　美しさが僕についてくる

몰라 꽃

I Don't Know, Flower

후욱	A sigh
한 줌의 재로	into a handful of ash
왜 그리 살았을까	Why did I live that way
그 삶의 이 이치를 모르고	not knowing the reason for life
후회하나 마나	Even if I regret it,
	from now on —
이제부터라도	Your will
그대 뜻대로	my will
내 뜻대로	Let Your will be done
아니 그대 뜻대로 하옵소서	But
하지만	even so,
전부가	not everything
이 뜻대로만은 아닐지도 모르니	goes as willed
	First,
일단	let us empty
비워보자	with a tranquil heart
마음을 고요함으로 항상	always
평정함의 경지로	toward the state of calm equanimity

不知道的花　　知らない花

<table>
<tr><td>

呼——

化作一把灰烬

为什么那样活着

连人生的道理都不明白

即使后悔,

从现在开始——

你的意愿

我的意愿

愿遵你的旨意

但是

即便如此

也不是一切

都能如愿

首先

要清空

以平静的心

始终

保持平和的境界

</td><td>

ふうっ

一握りの灰に

なぜあんなふうに生きたのか

人生の道理も知らずに

後悔しても

今からでも

あなたの意志で

私の意志で

御心のままに

しかし

すべてが

意のままになるわけではない

まずは

空にしよう

心を静けさに満たし

常に

平常心の境地へ

</td></tr>
</table>

나무야 나무야

Tree, Oh Tree

나무야
너는 나무야
난 동물 중 인간이란다

넌 왜 이리
사랑만 하니
미움은 전혀 없니

아낌없이 주는 나무
인간 세상에서
너를 가리키는 표현이야

그늘로 목재로 심지어 그루터기도
너의 뿌리는 홍수를 막게끔도
멀리 세상 밖으로 가게끔도
물에 뜨는 배처럼 쉬게끔도 하지

물어봐야겠어 가슴 멍들어도
사랑과 미움이 서로 진짜 다른지
여자와 남자처럼

Tree,
You are
A tree.
I am
A human among animals.
Only love?
Don't you
Ever hate?
A tree that gives without holding back —
That's how we describe you
In our world.
With your shade, as timber,
even your stump —
Your roots prevent floods,
You carry us far out into the world,
You let us rest like a boat.
Let me ask — painfully —
Is love really different from hate?
Like woman and man?

树啊 树啊

树啊，
你是
一棵树。
我是 动物中一种叫人类的。
你为何
只懂爱？
你就没有恨吗？
"无私奉献的树"，
这是我们世界里
对你的形容。
你遮阴、做木材、树桩也有用，
根还防洪，
甚至把我们带往远方，
像船一样让我们休息。
让我痛心地问一句——
爱和恨真的不同吗？
就像女人与男人？

木よ、木よ

木よ
お前は
木よ
私は
動物の中の人だ
なぜお前は
こんなにも愛ばかりするのか
お前は
憎しみは全くないのか
惜しみなく与える木だと
私たちの世界で
お前に対する表現だ
日陰に、材木に、切り株さえも
根は洪水を防ぎ
遠い世界へ行くためにも、船として
休むためにも
痛みを伴って尋ねるよ
愛と憎しみは違うものなのか
女と男のように

도로 표지판

Road Signs

현장에 답이 있다
초동수사의 중요성,
오직 시간과 함께
현장을 누빈 사람이
영혼 마음 피부로 안다

일인자로 우뚝 서려면
고위층일수록
현장을 떠나선 아니 된다
뭇사람은
본능과 육감을 잃는다

명심하소서
권위자는
꾸준히
현장을 즐기는 법을
배워야 함을
오늘도
우리 모두
Carpe diem

"The answer is on the scene."
The importance of primary
investigation —
Only with time,
can one who truly walked the scene
know with soul, heart, and skin.

If you truly wish to stand alone,
the higher the position,
the less you can afford
to leave the field behind.
People lose
their instincts —
their sixth sense.
Mark my words:
Those in power
must learn
to continuously
enjoy being on-site.
Today, as well,
let us all
Carpe diem.

道路标志

"答案就在现场。"
初步调查的重要性——
随着岁月流逝，
唯有真正踏过现场的人，
才能用灵魂、用心、用皮肤去感知。
我的主张是——
若想真正成为独立的一人，
越是身居高位的人，
越不能离开现场。
人会失去
感知—— 也就是所谓的直觉。
请牢记:
高层人士
必须学习
持续地
享受现场的生活。
今天也一样，
我们大家一起，
及时行乐(Carpe diem)。

道路標識

「答えは現場にある」と。
初動捜査の重要性もまた——
歳月の中で
本当に現場を走った者だけが
魂で、心で、
肌で 知るものだ。
私の信念——
本当に一人前になりたければ
上に立つ者ほど
現場を離れてはならない。
人は
感覚——
いわゆる"勘"を失う。
権威がある者こそ
常に現場を
楽しむ術を
学ばねばならぬ。
今日もまた
我ら皆で
Carpe diem(今を生きる)

눈물을

우리가 살아가며
동시에 이루는 일이 있을까나

남자 여자 화성 금성
멀티 단순 고등 하등 동물

동시에 할 수 있는 일은
단 한 가지
샤워하며 오줌 싸는 일
남자들이 이러니 하등동물로

어느 의사 선생님
똥과 오줌이 동시에
가능한지
한번 해보시라
그 의사 면허를 얻을지도 몰라

집중과 몰입,
그 상황에서 내가 주인공인 듯
좌절과 절망에 미안함에
으쓱해짐에
눈물샘이 갑자기 주르륵
오늘도 그것들은 흘러간다
주룩 주르륵

Tears

As we live,
How many things can we do at once?
Men, women,
Mars, Venus — multitasking, simplicity,
higher, lower animals.
The one thing we can all do
At the same time —
Pee while taking a shower.
Men do this, hence called lower animals.
A certain doctor once said,
Try pooping and peeing
at the same time.
Is it possible?
If you can,
he'll hand over his medical license.
Concentration, immersion —
You feel like the main character
at that moment.
In frustration, in desperation,
in guilt, in pride,
Tears suddenly stream down.
Even today, they flow —
Drip, drip, drip.

<table>
<tr><td>

流泪

我们活着的时候，
能同时做的事情有多少?
男人女人，
火星金星，多工单一，
高级低级动物。
我们唯一可以同时做的事是——
洗澡时小便。
男人们都这么做，
所以才被称作低级动物。
某位医生说:
试试同时拉屎和小便，
可能吗? 如果能做到，
他就放弃医生执照。
专注，沉浸，
仿佛你就是电影里的主角。
因为郁闷、呐喊、愧疚、感动，
泪腺不知不觉流淌下来。
今天也依然流淌，
滴答，滴答。

</td><td>

涙を

私たちが生きていて、
同時にできることはどれだけあるだろうか。
男と女、
火星と金星、マルチか単一か、
高等か下等 か。
私たちが本当にできることは、
ただ一つ。
シャワーを浴びながらおしっこをすること。
男はみんなやる、だから下等動物だと。
ある医者が言った。
うんことおしっこ、同時にやってみて。
できるのか?
できたら医師免許を渡すよと。
集中して、没入して、
その状況の主人公がまるで自分のように。
もどかしさに、叫びに、
申し訳なさに、誇ら
しさに、
いつのまにか涙腺がツーっと。
今日も流れていく。
ポロポロ、ポロポロ。

</td></tr>
</table>

수포자들이여
힘내시게

우리 아이들이

적어도 영어교육 없는

세상을 꿈꾸면서

전 세계 한국어에 관심 있는

배우고자 하는 아이들에게

나만의 의지대로

밤새

한글을 가르친다

누가 뭐라든

아니 이거 제발

영어는 단지 재주

기능 공부고

우리한테 진짜 중요한 건

수학이거든

수학은 진정

나만의 삶 속에

영원한 삶의 지표를

깨우치게끔

산업도 창조 해내거든.

투쟁 투쟁 투쟁

To Those Who Gave Up on Math,
Stay Strong

I dream of a world

Where are our children

Don't need English education,

And children all over the world

Interested in Korean

Learn it from me,

Following my own will,

Teaching Hangul through the night —

No matter what others say.

Please, let's get this straight:

English is just

A practical skill,

A functional study.

What truly matters to us

Is math.

Math is truly

A lifelong guide in my own life,

Awakening purpose,

Creating industries.

Fight, fight, fight!

放弃数学的人们，
请振作起来

我梦想着

我们的孩子们

不需要接受英语教育的世界，

全世界对韩语感兴趣的孩子们

在学习、在追求，

我按照自己的意志

整夜教他们韩文，

不管别人怎么说。

拜托了，真的，

英语只是

一种技能，

是一门实用的学问。

对我们最重要的问题是——

数学。

数学是真正

贯穿我一生的指标，

唤醒人生目标，

也是能创造产业的。

奋斗!奋斗!奋斗!

数学をあきらめた者たちよ、
元気を出せ

私は夢を見ている、

子どもたちが

英語教育のいらない世界を。

そして、

世界中で韓国語に興味を持つ子ども

たちが

学びたくてやってくる。

私は自分の意志で、

夜を徹して

ハングルを教えている。

誰が何を言おうとも。

お願いだ、頼むから、英語は

ただの機能、

実用の学問だ。

私たちにとって本当に大事なのは——

数学だ。

数学こそが

自分の人生において

永遠の人生の指標を

目覚めさせてくれるもの。

産業をも創り出す。

闘え、闘え、闘え!

위대한 좌표의 탄생

데카르트는 천장에 파리 한 마리
아마도 똥파리
중요한 건
위치를 알려줘야겠어
여기서부터
진정 시작인 거야

데카르트의 뇌에서
아마도 수천억 볼트의 에너지가
순식간에
역시나
X축 Y축을 그려낸 거야
지금은
아리따운 목소리로만 존재하는
그녀 없이는 존재 못한다는
내비게이션
앞으론 우주에까지도

똥파리도 한몫했건만
그는 지금 어디에
수학은 산업을 창조한다
수포하면 안 돼 절대로

The Birth of a Great Coordinate

Descartes,
Saw a fly on the ceiling.
Perhaps,
A dung fly.
The important thing—
He had to figure out its location.
From there,
It truly began.
Inside his brain,
Maybe billions of volts of energy
In a moment—
As expected,
He drew the X and Y axes.
Now,
She exists only as a lovely voice—
The navigation voice
We can't live without.
Soon,
Even into space.
The dung fly played its part.
But where is it now?
Mathematics—
Creates industries.
Never give up on math.
Absolutely not.

伟大坐标的诞生

笛卡尔，

看到天花板上的一只苍蝇。

也许是——

屎苍蝇。

重要的是——

必须知道它的位置。

从那一刻起，

才是真正的开始。

在他的脑海里，

或许有数百亿伏特的能量，

瞬间爆发——

果然，

他画出了X轴和Y轴。

现在，

她只以甜美的声音存在——

导航系统的声音，

没有她我们活不下去。

以后，

甚至将走向宇宙。

屎苍蝇也有它的一份功劳，

可它如今身在何处? 数学——

创造产业。

绝对不能放弃数学。

绝对不行。

偉大なる座標の誕生

デカルトは

天井に一匹のハエを見た

おそらく——

糞バエだった

重要なのは、

その「位置」を知ることだった

そこからが

本当の始まり

彼の脳の中で

おそらく数千億ボルトのエネルギーが

瞬間的に——

そして、やはり

X軸とY軸が生まれた

今では

美しい声だけで存在する

彼女なしでは生きられない

ナビゲーション

やがては

宇宙までも——

糞バエも一役買った だが今、

それはどこにいる? 数学は、

産業を創り出す

数学をあきらめてはいけない

絶対に

시

시는
나의 마음이고
살아온 삶이오

그대의 시를 듣고 싶소
마음으로
살아온 삶을

하늘하늘한 겉옷을
보태면 돋보이겠지만
허상 아니겠소

미친 환상의 선율에
나는 꼭두각시 광대가 되리니

Poem

A poem
is my heart
and simply the life I've lived alone.
I want to hear your poem—
your heart,
your life lived.
Dressing it up, dressing it up there—
Sure,
it might look pretty,
but that's
just a facade.
In the melody of a beautiful illusion,
I would become a puppet clown.

诗

诗是

我的心，

仅仅是我一个人走过的人生。

我想听听你的诗——

你的心，

你走过的人生。

在那里穿上华服，穿上华服——

虽然

那样可能很美，

但那只是

虚饰之中，

在美丽幻象的旋律中，

我将成木偶小丑。

詩

詩は

私の心であり

私だけの歩んできた人生にすぎない

あなたの詩が聞きたい

心と

歩んできた人生を

そこに衣を、衣をまとわせることは

それはそれで

美しいかもしれないけれど

それは

虚飾の中

美しい幻想の旋律に

私は人形の道化となろう

허상

오늘도
허상 찾아 헤매는 내 모습
허 허 허
신기루 같은 존재
사막에서 목마름을 느끼는
행인 1
행인 2
나에게 말 걸어오네요
물 좀 주세요
그들에게 소중한 한 방울의 물 아껴
나에게 조금 주네요
고마움은 잠시뿐
허상 찾아 나는 다시 떠나네요

우리들이
우리가 죽을 때는
눈물 대신 허허 웃자고요
행인 2의 따사로움이
살아있는 체온처럼 전해지네요

Illusion

Today again,
I wander in search of illusion
Heh, heh, heh
The existence of a mirage, an illusion
Like someone thirsty in the desert
A passerby 1
A passerby 2
Approaches and speaks to me
"Please, give me some water,"
Saving even a precious drop of their own
They give it to me sparingly
Grateful as I am
Only for a moment
I set off again, chasing illusion

Let's, let's
When we die,
Laugh instead of crying
The warmth of passerby 2
Reaches me as living body heat

虚像

今天
我又在寻找虚像
呵、呵、呵
海市蜃楼般的存在，虚像
如在沙漠中感到口渴的存在7
路人 1
路人 2
向我搭话
"给点水喝吧"
他们节省珍贵的一滴水
慢慢地递给我
尽管我感激
仅仅片刻
我又踏上寻找虚像的旅程
我们啊我们
死时不如 笑着离去，不必流泪
路人 2 的那份温暖
带着活着的体温传递给我

虚像

今日も
虚像を探して彷徨う私
ハッ ハッ ハッ
蜃気楼のような存在、虚像
砂漠で喉の渇きを感じる存在
通行人 1
通行人 2
私に話しかけてくる
「水を一口くれませんか」
彼らの大切な一滴の水を
大事に大事に分けてくれる
その優しさに感謝しながらも
ほんの束の間 また虚像を求め旅立つ私
私たち 私たち
死ぬ時は涙ではなく
ハハと笑おうよ
通行人 2 のその温もりが
生きている体温として伝わってくる

여유로움

없음에도 텅 빔에도
마음 안에서
나만의 여유를
이게 바로 삶이야

나 혼자만의
절대로 나만의 삶
속도는 중요치 않아
부유도 마찬가지야
노후대책에 답 없어

뉴스에선
다들 힘들다고만 하는데
해결책은 과연 누가 내지

문제 지적은
아무나 할 수 있어
뉴스 너희는 떠들기만 하고
월급 받잖아

1시간마다
차라리
고전 음악을 듣겠어

Leisure in Life

Even with nothing,
Even in emptiness,
Within my heart
There is leisure —
My own.
This is my life,
Mine alone.
Never
Will speed matter
Nor wealth
In my life.
A plan for old age?
There is no right answer.
The news —
Always says
People are struggling.
But who will
Offer solutions?
Pointing out problems —
Anyone can do that.
And you, the news —
You stir things up
And still get paid.
Every hour.
I'd rather
Listen to classical music.

生活中的从容

即使一无所有，

即使空空如也，

心中

依然有

属于我的从容。

这是我的人生，

仅属于我。

绝不会让

生活的节奏

或财富 决定我的人生。

养老计划？

没有标准答案。

新闻里——

总说

大家都很难。

可是谁

会提出解决方法？

指出问题——

谁都可以。

你们这些新闻媒体——

只是喧哗一番，

却照样领薪水。

一小时一小时地

无休无止。

不如

去听听古典音乐吧。

人生の中のゆ

何もなくても

空っぽでも

心の中には

ゆとりがある

私だけの。

これは私の人生、

私だけのもの。

決して

人生のスピードや

富なんか

大事じゃない。

老後の備え？

正解なんてない。

ニュースは

みんなが

苦しいとばかり言う。

でも解決策を出すのは、

いったい誰なの？

問題を指摘するだけなら

誰にだってできる。

ニュースのお前たちは

騒ぎ立てて

給料もらってるだけじゃないか。

1時間ごとに。

それならいっそ、

クラシックでも聴こう。

새벽시장

어른들에겐
삶의 전쟁터일지언정
나에겐
오래전부터
사람 사는 진한 향이
물씬 묻어나는
아름다운 새벽시장

곳곳이 피 흘리는 전장일지언정
막걸리 한 사발에
나의 시름 잠시 놓아둔다

돌아오는 길에
검은 비닐 한 봉지 덜렁덜렁
덤으로 넣어준 꽈배기가 춤춘다

Dawn Market

To the elders,
it may be a battlefield of life
But to me,
it has long been
a place filled with
the rich scent of human lives —
a beautiful dawn market
Though it may be
a battlefield with bloodshed
all around With a bowl of makgeolli,
I lay down my sorrows for a while
On the way back,
a black plastic bag
dangling lightly
with a twisted doughnut
thrown in as a freebie

黎明市场	夜明けの市場
对老人们来说	お年寄りたちにとっては
也许是生活的战场	人生の戦場かもしれないが
但对我而言	私にとっては
自很久以前	ずっと前から
就充满了人间烟火气息的	人の暮らしの香りが
美丽的黎明市场	たっぷりと染み込んだ
即使到处	美しい夜明けの市場
血雨腥风，如同战场	あちこちで
喝上一碗米酒	血が飛び交う戦場のようでも
我的烦恼	マッコリ一杯で
暂时放下	私の悩みも
回家的路上	しばし置いていける
一袋黑色塑料袋	帰り道には
晃悠悠	黒いビニール袋が
顺带送的	ぶらぶらと揺れ
一个麻花。	おまけにもらった
	ねじりドーナツ

봄소식

내 어머님 같은 그분의
휠체어 굴리는 소리에
힘겹게 내딛는
한발 한발
한숨 섞이면서도 살고자 하는
그분의
심장 박동 소리 같아

Spring News

In the sound of her
wheelchair turning —
like my dear mother,
In her labored steps,
one after another,
mixed with sighs,
yet still
the sound of her heartbeat
wanting to live.

春的消息

在她轮椅转动的声音里，
像我母亲一样亲切，
在她艰难迈出的
每一步中，
掺杂着叹息，
却也有那
渴望活下去的
心跳声。

春の便り

わが母のような
あの方の
車椅子を転がす音に
踏み出す
一歩一歩
ため息混じりながらも
生きようとする
あの方の
心臓の音にも

진실

영원히 함께하는 거야
진실만큼은 변함이 없어
오늘도 내일도
그래서 항상 편한 거야

이 또한 어떠니
우스운 거야
마음속 마음 안에는
다른 무언가가 있을지

별에서 온 우리는
우주로 가네
진실을 찾아

Truth

Forever

We are together

Truth alone

Never changes

Today

Tomorrow

Therefore

Always comfortable

How about

This too

It's funny

In my heart

Inside my heart

What else is there

We from the stars

Are going to space

To seek the truth

真实

永远地

在一起

唯有真实

永不改变

今天

明天

所以

总是舒适的

这又如何呢

真是可笑

在心里

心里

又有什么

我们来自星星

要前往宇宙

去寻找真实

真実

永遠に

一緒だよ

真実だけ

変わらない

今日も

明日も

だから

いつも

楽なんだ

これも

どうだい

おかしいんだ

心の中

心の中には

また 何が

星から来た私たちは

宇宙へ行く

真実を探して

생 그리고 생

어김없이 뜨고 지는 생
간 세월 애써 안 잡고
올 세월 몸 쓰지 않아
남은 삶 무거워도
생 가운데 행은
언제 왔는지 언제 가는지

거울이 반사한 내 얼굴
지워지지 않은 번뇌
그대도 나도 모르고 산다
어느 한구석에 추억은
귓가에만 맴돌고
다시 움트는 봄이 유혹한다

바람은 만무하여도
나 이제 나를 보며
새 마음으로 살고 싶다
부디 그대의 생이
마음 따라 몸 따라
싹 돋는 때 빛나는 미소가 되길

Life & Life

Life rises and falls without fail
Don't try to hold on to the
passing years
Don't try to push the coming years
Life is hard for everyone
But in the joy of life, happiness
When did it come and when did it go
My face reflected in the mirror
Unerased worries
We all lived without knowing
In a corner, only memories
I hear in my ears
And youth that sprouts again
tempts me
I know it's impossible
But now I want to live
With a grateful heart
Looking at myself
Please
May your youth
Follow your heart and body
Become a bright smile like spring
that blooms

人生与人生

人生起起落落，从不失败

不要试图留住逝去的岁月

未来几年我们不要太努力

每个人的生活都很艰难

生活中的快乐

你什么时候来的? 又什么时候去的?

镜子里映出我的脸

未消除的烦恼

我们一直活在对一切一无所知中

只剩角落的回忆

我能听到

青春的复苏诱惑

我想这是不可能的

现在看着我

我要怀着感恩的心生活

请让你的青春

跟随你的心，跟随你的身体

愿你的笑容如春花般灿烂

人生と人生

いつも変わらず昇り沈む人生

過ぎ去る歳月を無理に引き止めようとせず

来る歳月を強く押し出そうともしないでおこう

誰もが人生とは難しいですが

人生の歓喜の中で幸福が

いつ来たのかいつ行くのか

鏡の中に映った私の顔

消せない煩悩

君も私も知らず生きてきた

片隅に残る思い出だけが

耳元に聞こえてきて

再び芽生える青春が誘惑する

望みはもうないだろうけど

私はこれから私を見て

感謝の気持ちで生きていきたい

どうぞ

あなたの青春が

心のままに体のままに

花咲く春のようににっこり笑う笑顔でありますように

이상한 나라의 수학자

영혼의 진리 앞에 이념따위가
언제부터 세상에
이념이 뿌리를 내렸는지
영국과 독일의 진리의 싸움
문득 영화 보다 떠오르네요

정지의 세상에서 바라보는 세상에서
수학을 움직임의 세상으로
미적분이죠
뉴턴과 라이프니츠
원의 명제를 간단한 식으로
유클리드와 데카르트
미술도 0과 1의 세계로 표현을요
시도 매한가지지요

아니
오늘 살아 숨쉬고 있는
영적인 삶
지금도 숫자로 표현될 거예요
메트로놈 30
그대 옆에 함 틀어 보세요
지금 바로

The Mathematician in Wonderland

In the face of the truth of the soul,
ideology means nothing.
When did ideology begin
to take root in this world?
The battle of truth
between England and Germany —
I thought of that
while watching the film.
From a world of stillness and stagnation,
math
brought movement —
That's calculus.
Newton and Leibniz.
To express the proposition of a circle
with a simple formula —
Euclid and Descartes.
Even art is now expressed
in the world of 0s and 1s.
So is poetry.
No —
even the spiritual life
we are living today
might be expressed in numbers.
Try playing a metronome at 30 bpm
beside you —
Right now.

非常数学家

在灵魂的真理面前，
意识形态不值一提。
这个世界从什么时候开始，
意识形态变得如此根深蒂固？
英国与德国之间对真理的争斗——
看电影时，
我突然想起这个。
从静止的世界中，
数学
带来了运动——
那便是微积分。
牛顿与莱布尼茨。
用简单的公式表达圆的命题——
欧几里得与笛卡尔。
连艺术也进入了
0与1的世界。
诗歌也是如此。
不，
我们如今这有灵魂的生命，
也许也可以用数字来表达。
试着把节拍器调到30，
在你身边放一放吧——
现在就试试。

異邦人

魂の真理の前では、
イデオロギーなんて無意味です。
この世の中に
いつからイデオロギーが根を下ろしたのか。
イギリスとドイツの、
真理をめぐる戦い——
映画を観ながら、
ふと思いました。
止まった世界、
静止した世界を見つめなが ら、
数学は
動きのある世界へと導く。
それが微積分です。
ニュートンとライプニッツ。
円の命題を
簡単な式で表す——
ユークリッドとデカルト。
美術だって、
0と1の世界で表現されている。
詩も、そうです。
いや、
今この瞬間を生きている
魂のある人生すらも、
数字で表せるかもしれません。
メトロノームを30にして
横で鳴らしてみてください。
今すぐに。

아들과 알몸으로 대화

아마도
때가 많은 듯
나도 많을 거야
그래 가자꾸나

우리 천천히 천천히
세속의 때도
현실의 때도
오늘을 살아가는 삶의 때도
물을 만나면
언제나 철없이
개울가에서 첨벙첨벙
그때가 생각이 난다

때를 밀어보면
그 사람 성격이 드러나는 법
아들과 나
여전히 국수 가닥
고놈 천성 하나는 나와 같네

Conversation Naked with My Son

"Maybe
I'm covered in too much grime."
'I must have a lot, too."
"Alright, let's go, my son."
Let's
take it slow,
slowly.
The grime of the world,
the grime of reality,
the grime of simply living today —
When it meets water,
always without a care,
at the streamside,
splashing around —
it reminds me of those times.
When scrubbing off grime,
a person's nature
often comes to light.
My son and I,
still like strands of noodles.
That rascal —
his nature is just one.

与儿子的赤裸对话　　　　息子との裸の対話

「大概是 太多污垢了吧。」　　「きっと 垢がたまってるんだと思う」
「我也一定很多。」　　　　　　「僕もたくさんあるだろうな」
「好吧，我们一起走。」　　　　「そうか、行こうか」
我们　　　　　　　　　　　　　ゆっくり
慢慢地，　　　　　　　　　　　ゆっくりと
慢慢地。　　　　　　　　　　　世俗の垢も
世俗的污垢，　　　　　　　　　現実の垢も
现实的污垢，　　　　　　　　　今日を生きる生活の垢も
活在今天的生活之垢，　　　　　水に触れればいつだって
一遇到水，　　　　　　　　　　無邪気に
总是天真无邪地　　　　　　　　小川で
在小溪边 扑通扑通——　　　　バシャバシャ
让我想起那些时光。　　　　　　あの頃を思い出す
搓去污垢时，　　　　　　　　　垢をこすれば
人的性格 就会显露出来。　　　　その人の性格も
我和儿子 依旧像面条一样连着。　現れになるものさ
那小子，　　　　　　　　　　　息子と
天性纯一。　　　　　　　　　　僕は いまだに麺のように繋がってる
　　　　　　　　　　　　　　　あの子
　　　　　　　　　　　　　　　生まれつき一途なんだ

사랑하는 딸 아들

나는 너희에게
한계를 지어주는
존재였구나

난 너희에게
평생 있을 존재처럼
얘기했구나
난 너희에게...

누군가 말하겠지
너에게 생명을 준 사람이란 걸

너흰 너희다
너희처럼 살아라
투쟁 투쟁 투쟁

To my beloved daughter and son

I...
I was the one
who placed limits on you
I...
I spoke
as if I would be in your life forever
I... to you...
Someone will say
that I am your father who gave you life
You are you
Live as yourself
Struggle, struggle, struggle

亲爱的女儿和儿子　　　　　　愛する娘と息子へ

我……　　　　　　　　　　　私は…

我是那个　　　　　　　　　　君たちに

给你们设限的人　　　　　　　限界を与える存在だったんだね

我……　　　　　　　　　　　私は…

曾说过　　　　　　　　　　　一生そばにいるように

我会永远在你们身边　　　　　話していたんだね

我对你们……　　　　　　　　私は君たちに…

有人会说　　　　　　　　　　誰かが言うだろう

"我是你们的亲生父亲"　　　　「君達を産んだ父親だ」と

你就是你　　　　　　　　　　君は君だ

按自己的方式生活吧　　　　　君らしく生きなさい

斗争，斗争，斗争　　　　　　闘え 闘え 闘え

곰네

그대가 그대로
나에게 우연히
마음 안에
팍 꽂혔네
그대여
그대가 날 사로잡았다네

내 발걸음
어느새 그 집 앞
가로등 아래에

나와의 삶에서
그대가 또다시
행복의 동굴에서
마치
곰이 사람 되듯이

Bear Woman

You, just being you
By chance
Pierced deep
Into my heart
You
You captured me
Before I knew it
My steps led
To the streetlight
In front of your house
In my life
You, again and again
In the den of happiness
As if
A bear becomes human

熊女

你，就是你
偶然间
猛然地
闯入我心里
你你俘获了我
不知不觉
我的脚步
走到了
你家门前的路灯下
在我的生活中
你，你
在幸福的洞穴里
仿佛
熊变成了人类

熊女

君が君であることで
ふとした偶然に
僕の心に
グサリと刺さった
君が
僕をとらえたんだ
いつの間にか
僕の足は
君の家の前の
街灯の下に
人生の中に
君が、君が
まるで
熊が人間になっていくように
幸せの巣穴の中で

사랑이여

Oh, love

보고 싶다

미치도록

매 순간 그립다

들리는 모든 음성이

내 사랑 그대

목소리랑 똑같네

듣기 싫어도

듣고 싶어도

매한가지야

왜냐면 세상엔

온통

내 사랑 소리뿐이거든

이젠 안다네

내 마음 있던 그곳이

사랑이었다는 걸

그런데

다시 사랑하고 싶어도

이젠 사랑이는 가고 없네

I miss you

Madly

Every moment

I miss you

Every voice I hear

Becomes my love —

Your voice

I don't want to hear it

I want to hear it

It's all the same

Why is it

That in this world

Everything is

the sound of my love

Now I know

that my heart was there

That it was love

And again

I want to love

But now,

Love is gone, and no more

<table>
<tr><td>

爱

想你

疯狂地

每时每刻

都想你

听到的所有声音

都是我的爱

你的声音

不想听

却又想听

都一样

为什么

这世上

到处

都是我爱的声音

现在我知道

我的心在那里

那是爱

还想再次去爱

但如今

爱已離去，不再存在

</td><td>

愛よ

会いたい

狂おしいほど

毎瞬間

会いたい

聞こえる全ての音が

私の愛

あなたの声に

聞きたくない

でも聞きたい

同じことだ

なぜ

世の中には

どこもかしこも

私の愛の声ばかり

もう分かった

私の心がそこにあったこと

愛だったんだと

そしてまた

愛したい

でも今

愛は去り、 もういない

</td></tr>
</table>

사랑하는 나의 피붙이여
- 조용히 불러본다 아들아

사랑하는 아들아
힘들어하지 마

웃어버리면
세월 속으로 흘러가는
보드랍게 네 살갗에 휘도는
자그마한 바람인걸

To My Beloved Flesh and Blood
- I softly call you, my son

My beloved son,
Don't be weary.
As a smile,
Time flows gently by.
It's nothing more
than a soft breeze
brushing against your skin.

亲爱的骨肉啊
- 轻声呼唤，儿啊

亲爱的儿子，

别难过。

微笑着，

岁月悄然流逝。

那不过是

拂过你肌肤的

一丝微风罢了。

愛しい我が血肉よ
- そっと呼んでみる, 息子よ

愛しい息子よ、

つらくならないで。

笑っていれば

時は静かに流れていく。

それはただ、

君の肌をかすめる

小さな風に過ぎないんだ。

존재의 이유

가야 할 길이 다른
나의 피붙이들이여
하늘 아래 잠시나마
나의 지붕 밑에 있을 때
한없는 사랑을
배우고 가렴

시냇가에 잠시나마
피어있는 풀 한 포기
저 하늘에 떠 있는 구름도
그냥
존재하는 게 아닐 터인데
사랑하는 이들이여
너흰 내 앞에 있구나

The Reason for Being

My dear ones,
whose path differs from mine,
While you are briefly
under the roof of my sky,
Learn boundless love
and take it with you.
Like a blade of grass
that blooms briefly
by the stream,
Even the clouds floating
in the sky
do not exist without reason.
Oh, my beloved,
you are here before me

存在的理由

亲爱的家人啊，
与你们走着不同的路，
在你们短暂地
栖息在我的屋檐下时，
请学会
无尽的爱。
就像那短暂
盛开在溪边的 一株小草，
就连漂浮在天上的白云
也不是
无缘无故存在的。
亲爱的人啊，
你就在我面前，

存在の理由

行く道の異なる
私の血を分けた者たちよ
空の下、
しばしの間
私の屋根の下にいるとき
限りない愛を
学んでいっておくれ
小川のほとりに
一時だけ咲く
一本の草のように
あの空に浮かぶ雲も
ただ
存在しているわけではないのに
愛しい人たちよ
君は私の前にいる

떠버리의 후회

나의 일
너무 떠벌이지 마라
누구나 다
하고 싶은 말이
이야기가 있는 세상

들어달라고
내 얘긴 차마 공유하지
못했어도
그 어느 날
누군가는 나를
들어줄 거야

The Talker's Regret

Don't talk

too much

about my story.

Everyone

has a story

they want to tell

in this world.

Please listen.

Though I

couldn't share mine,

someday,

someone

will understand.

话多者的后悔

别说太多

关于我的事。

每个人

都有

想说的话

在这个世界上。

请听听吧。

我虽然

没能说出

我的故事，

但将来

会有人

懂得的。

存在の理由

私のことを

あまり

話さないでくれ。

誰もが

語りたい

話を持つ

この世界で。

聞いてあげて。

私は

自分の話を

できなかったけど、

いつか

誰かが

分かってくれるだろう。

링컨

동시대 사람들의 생각이
왜 다른지
아니 왜 달라야만 하는지
저 하늘에 떠 있는
구름에게 물어봤습니다

링컨 당신은
국민과 역사 속에서
진실의 무게를 견디며
끊임없이
삶과 싸운 흔적이 또렷한
이 시대에도
생생히 살아 꿈틀거리는
진정한 고래잡이였습니다

링컨을 보며
'톰 아저씨의 오두막'이 포개져
많이 아주 많이 울었답니다
거먹구름아
하트를 만들어다오

Lincoln

Why do people of the same era
think so differently—
No,
why
must they be different?
I asked the clouds
up in the sky.
Lincoln,
you—
Within the people and history,
bearing the burden of truth,
constantly
wrestling with life—
those traces are vivid.
You are still alive,
moving, breathing,
in this very age,
a true whale hunter.
As I watched,
the novel Uncle Tom's Cabin
overlapped in my mind—
and I wept
so, so much.
Dark clouds,
please form that heart shape.

林肯

为什么同一个时代的人

会有不同的想法—— 不，

为什么

必须不同?

我问了

天上的云。

林肯，

你啊—— 在人民与历史之中，

面对真理心怀敬畏，

不断

思索人生——

这一切都清晰可见。

你依然活着，

在这个时代跳动着，呼吸着，

是真正的"捕鲸人"。

看电影时，

脑海中也浮现了《汤姆叔叔的小屋》，

我哭了，

哭了很多很多。

乌云啊，

请画一个心形吧。

リンカーン

同じ時代に生きる人々の考えが

なぜ異なるのか——

いや、

なぜ 異ならなければならないのか。

あの空に浮かぶ5

雲に問いかけました。

リンカーン、

あなたは——

国民と歴史の中で、

真実を恐れながらも、

ひたすら

人生を思索し続けた痕跡が

ありありとにじみ出ている。

今この時代にも

生きて息づいている、

真のクジラ猟師でした。

映画を観ながら、

『アンクル・トムの小屋』の内容とも

重なって、

たくさん、たくさん

泣きました。

暗雲よ、

ハートの形を作ってくれ。

대한민국 법

나 살아 있다
오늘
내가 살아있단 사실은
누구나 알 거야

그런데 대한민국에선
죄다 증거주의야 증거 ...
답변하라 하니
얼굴빛이 달라지네

그대
눈을 감고 있나요?

The Law of South Korea

I am alive
Today
The fact that I'm alive —
Everyone must know it
But in South Korea,
It's all about evidence
Evidence...
When asked to speak,
The expression changes
Are your eyes closed?

大韩民国的法律

我还活着

今天

我活着这件事

谁都应该知道

但在大韩民国，

讲究的是证据主义

证据……

让你开口说话时，

脸色就变了

你的眼睛闭上了吗?

大韓民国の法律

私は生きている

今日も

私が生きているということは、

誰もが知っているはず

だけど大韓民国では 証拠主義だ

証拠...

話してみろと言われた瞬間、

表情が変わる

あなたは目を閉じていますか?

대화 – 친구

가다 가다

오고픈 마음

가고자 하는

나의 마음

흘려보내네

잔디밭에 구르던

우리들 점심때여

슬며시

스치는 우리

영혼들의 눈빛이여

Conversation – Friend

Going, going,

Yet a heart longing to come.

A heart wanting to go—

My heart.

I let it flow away.

Our lunchtime

That once rolled on the grass field.

A fleeting,

Brushing glance

Of our souls' gaze.

对话 – 朋友　　　　　　　　対話 ― 友

走着走着，　　　　　　　　行っても 行っても
却是渴望归来的心。　　　　　来たくなる心
想要前行的　　　　　　　　　行こうとする
是我的心。　　　　　　　　　私の心
我让它随风飘散。　　　　　　流してしまう
那在草地上翻滚的　　　　　　芝生に転がっていた
我们的午餐啊，　　　　　　　僕たちの昼ごはんよ
　轻轻地　　　　　　　　　　そっと
掠过的 我们灵魂的目光啊。　かすめ合った
　　　　　　　　　　　　　　僕たち魂のまなざしよ

윷 가락 속 인생

Life in the Rhythm of Yut

자 놀아보세 윷가락
던져보세 윷가락

Come,
let's have some fun —
throw the yut sticks!

선수들 입장
선수들이여
어서 지참금 들고
웃는 낯빛으로
그래 저거
다 내 돈인 듯

The yut sticks —
players, step in!
Players,
bring your stakes along,
With smiling faces shining —
Ah, look at that,
all that money is mine!

돈은 툭 까놓지
어 허 난 따론데

Money talks,
Oh, I'm on my own here —

어디 보자
행운이 누구한테 갈거나
윷판 인생게임 돌아간다

Let's see,
whom will luck choose?
The game board spins —
Oh my, oh dear!

애고 애고

人生在掷枢声	ユッの調べに人生をのせて
来吧，	さあ、
我们来玩一局，	遊ぼうじゃないか
掷起枢子吧!	ユッの棒を投げてみよう
枢子响，	ユッの棒
选手们登场!	選手たち、登場だ
选手们啊，	選手よ、
赶紧带上赌注，	さあ、持ち金を忘れるな
在笑容灿烂中——	笑顔が光る中で——
看那儿，	おっと、あれだ
嘿，那些钱全是我的!	あれ全部、俺の金さ
金钱开口说话，	金がものを言う
唉，我可是独自一人啊——	ああ、俺は一人きりだけどな
看看吧，	さてさて、
幸运会眷顾谁呢?	誰に運が巡るかな?
游戏盘转动起来——	盤が回りだす——
哎呀哎呀。	あらまぁ、なんてこった

무조건 행복하소서

Be unconditionally happy

돌고 도는
우리네 찰나의 인생
현재 위치
고민 한 번 해보게요

나 때문에
마음 아픈 한 사람
없었을까요

천국이 보내준 선물, 오늘
그대는 미소 짓고 있나요

미소 가운데
아름다운 일이
스미거든요

Round and round
Goes our fleeting life
Let us reflect
On where we now stand
Have I caused
Anyone pain through my actions?
Today —
A gift sent from heaven,
Are you smiling?
Within that smile,
Beautiful things
Will quietly seep in
Be unconditionally happy

无条件地幸福吧

轮回转动，

是我们短暂的人生。

请停下脚步，

思考一下现在的位置。

是否因我，

让某人心痛过？

今天，

是天堂赐予的礼物，

你在微笑吗？

在微笑中，

美好的事物

会悄悄渗入心中。

无条件地幸福吧。

無条件に幸せであれ

ぐるぐる巡る

私たちの儚い人生

今ここに立ち

少し考えてみましょう

私のせいで

心を痛めた人はいなかったか

今日という日は

天国がくれた贈り物

あなたは笑顔でいますか？

その笑顔の中に

美しい出来事が

そっと染み込んできます

無条件に幸せであれ

제삿감

저 먼 산
너머 뒤엔
분명
무지개가 있다네

터벅터벅 올라가다가 오늘
목 좀 축이고 쉬어감세
먼저 올라가는 우리
시원한 나무 그늘에서
야호 한 차례 외쳐보세
뒤따라가는 우리
바로 우리를 따라감세

우리네
태어나 겨우 한 번만 가는 인생
결국 제삿감이나 매한가지
아니겠는가

One Grand Ritual

Beyond
those faraway mountains
Surely
there must be a rainbow
Trudging upward today,
let's rest a bit and quench our thirst
Those who go ahead,
shout a joyful "Yaho!"
under the cool shade of a tree
Those who follow behind,
just follow along
Our lives —
once born, we all go onward
Isn't it
just one grand ritual,
after all?

一场人生的祭礼

在那遥远的山后，
必定
有一道彩虹
今天一步一步往上走，
歇一歇，润润喉吧
先行的人们啊，
在凉爽的树荫下
高呼一声"呀呼!"吧
跟在后面的人，
就跟着走吧
我们这一生——
既然来过一次，就走下去吧
反正
人生
不就是一场祭礼吗?

ひとつの人生の舞

あの
遠い山の向こうには
きっと
虹がかかっているだろう
とぼとぼと
今日も登っていく
ちょっと喉を潤して0
ひと休みしよう 先に登った君は
涼しい木陰で
「ヤッホー」と叫んでみて
あとを追う私たちは
ただついて行こう
私たちの人生——
一度きりの旅路
どうせ
ひとつの舞じゃないか

인간은 작품이다

하자 있는 제품이 아닌
저마다
소중한
우주에 오직 하나만 존재하는
인간은 걸작품이야

우와아아
당신도 나도
저 사람도
그녀도
경이로워
정말 아름다워

Human Beings Are Works of Art

Not defective products,
but each of us,
precious,
one and only in the universe—
human beings are works of art.
Wow,
you,
me,
that person,
she too—
Amazing,
truly beautiful.

人类是艺术品

不是有瑕疵的
产品，
而是每个人，
珍贵无比，
宇宙中独一无二的存在——
人类是艺术品。
哇哦，
你，
我，
他，
她也是——
太惊人了，
真的好美。

人間は作品だ

欠陥のある
製品ではなく、
一人ひとりが
かけがえのない、
宇宙に一つしかない存在——
人間は作品だ。
わあ、
あなたも、
僕も、
あの人も、
彼女も。
驚くほど、
本当に美しい。

빛을 주소서

Please, Grant Light

어둠보다
더 짙은 어둠
아득히 머나먼
어둠이여

여긴 제발 대한민국
희망이란 그 말
막상 깨어보니
아직 어둠이어라

진정한 희망
희망을 주소서
손 내밀면
우리 앞에
희망의 거룩한 깨우침을

In the darkness,
and still more darkness.
Oh, darkness,
how far will you go?
Please—
this is South Korea.
The word "hope"...
but upon waking,
there is still only darkness.
True
hope,
please grant us hope.
When we reach out our hands,
before us—
a magnificent awakening of hope.

请赐予光明

黑暗中，
还有黑暗。
哦，黑暗啊，
你将延续到何时?
拜托了——
　这里是大韩民国，
所谓"希望"的那句话，
　一觉醒来，
却仍旧是黑暗。
真正的
希望，
请赐予真正的希望。
当我们伸出手时，
在我们面前——
希望是美丽的觉醒。

光をください

闇の中、
さらに闇。
おお、闇よ、
どこまで続くのか。
どうか——
ここは大韓民国、
「希望」というその言葉、
目を覚ましてみれば、
まだ闇の中だった。
真の
希望よ、
希望をください。
手を差し伸べれば、
その先に 素晴らしい希望の目覚めを。

일본에서 나만의
요리 향을 피운다

밤새 그려본다
씻고 썰고
지우개로 지우고
다시 또다시
어김없이 그때는 온다
장난 없는 실전이다

이젠
손 떨림은 없다
리듬 따라
엉덩이를 흔들어댄다
피식 이놈의 자신감은

아무도 모르게
무수히 실패해서
터득한 나만의 진리
오늘
임자 만난 칼춤을 추네

야호
그래 너하고픈대로
난 따라가마
완성이요

공주마마
대령이요
쉿
눈마저 감는다

Savoring My Own Culinary
Aroma in Japan

All night long,
I draw it —
Wash, chop,
Erase with an eraser, Then again,
and again. It comes,
Right on time.
This is the real deal.
Now,
No more nerves.
To the rhythm,
Even my hips sway.
This confidence —
A smirk,
Known to none.
A truth
I grasped
Through countless failures,
My very own.
So what.
Today,
My knife dances.
Yahoo!
Yes,
Go as you wish —
I'll follow along.
It's done.
Your Highness,
Here is your dish.
Shh —
I even close my eyes.

在日本烹调属于我的料理香气

整夜，
我在描绘——
洗净、切割、
用橡皮擦掉，
再来一次，又一次。
它如期而至，
实战开始。
此刻，
已无颤抖。
跟着节奏，
连臀部也摇摆起来。
这份自信——
一抹浅笑，
无人知晓。
从无数次失败中
领悟出的 属于我的真理。
无所谓啦。
今天，
刀也在跳舞。
呀呼!
好吧，
你随心所欲，
我会跟随你。
完成了哟! 公主殿下，
请享用。
嘘——
我连眼睛也闭上了。

日本で私だけの料理の
香りを立たせる

一晩中、
描いてみる——
洗って、切って、
消しゴムで消して、
また、もう一度。
変わらず、やってくる。
いよいよ本番。
今は、 もう震えない。
リズムに乗って、
お尻まで揺れてくる。
この自信は——
ふっと笑って、
誰にも気づかれずに。
数えきれぬ 失敗の中で つかんだ、
私だけの真理。
まぁ、いいじゃない。
今日は、 包丁も踊ってる。
やっほー!
そう、
君の思うままに——
私はついていく。
できあがりだよ。
お姫さま、
お持ちしました。
シーッ——
目まで閉じてしまう。

뒤뚱뒤뚱

마음 따라 제각각
너는 어깨가 축
맥없이 넌 뒤뚱뒤뚱
아무리 생각해도
답은 없다만
바라보는 나
가슴 시리다

나도 걷기 시작한다

아 하
심장에 미소가 비집고 있다면야
그래 미소야
웃음이 희망이야

Waddle

Following the heart,
Each in their own way —
Your shoulders hang low,
You waddle along, slow and weary.
No matter how long I think,
There is no answer.
Watching you,
My heart quietly aches.
So I, too, begin to walk.
Ah —
If only smiles
Lingered in the heart,
Then yes —
A smile itself
Is hope.

摇摇晃晃	よたよた
跟随内心，	心のままに
每个人走着不同的步伐。	みんな それぞれの歩幅で
你垂着肩，	君は 肩を落とし
你一步步 摇摇晃晃。	君は よたよたと歩いてる
无论怎么思索，	いくら考えても
答案 终究找不到。	答えなんて 出てこない
我凝望着你，	ただ見つめる 僕の胸が
心中 隐隐作痛。	静かに痛む
于是我 也踏上了路。	僕も 歩き出してみる
啊——	ああ——
如果心里	もしも 心の中に
只剩下微笑，	笑顔だけがあるのなら
那么，	それだけで、
是的——	そう——
那微笑 就是希望。	それだけで 希望だ

침묵 2050

얼마나 침묵할 수 있을까
자연은 얼마나 침묵하며 살고 있나
고요한 자연에서
나를 곱씹어 본다

위대한 자연이여
그대는
침묵 가운데서
봄을 낚는 여인인 듯하오

여전히 봄을 잉태하나 보다
침묵으로
한 올 한 올
심지어 올겨울에도

Silence 2050

How long can one remain silent?
How long has nature lived in silence?
Within nature's silence,
I reflect upon myself.
O great nature,
You seem like a woman
who casts her line for spring
in the stillness.
In the silence,
you must still be
conceiving spring
strand by strand.
Even this winter...

沉默 2050

人能沉默多久?

大自然沉默了多久?

在大自然的沉默中,

我反思着自己。

伟大的自然啊,

你仿佛是

在沉默中垂钓春天的女子。

在沉默中,

你如今也正在

一丝一丝地

孕育着春天吧。

连这个冬天也是如此……

沈黙 2050

どれほど沈黙できるだろうか

自然はどれほど沈黙して生きてきたのだろう

自然の沈黙の中で

私は自分を省みる

偉大なる自然よ

あなたはまるで

沈黙の中で春を釣る女性のよう

沈黙の中で

春を

一本一本

今もなお宿しているのだろう こ

の冬もまた

자문자답

불쌍한 나
한심하구나
널 믿고 내가 어찌 살까
첫마디가
김 팍팍 샌다

우주에 넌 단 너 하나뿐야
버겁다 버거워
어쭈 갈수록 태산이네

내일이라고
죽기밖에 더할까나
겨우 한 번 죽는다

오늘 나 살아있음에 감사드려요
됐다

그래도 철은 들지 마라
철들면
진짜 숟가락 놓아야 할 때가 된 거다
그림자는 비에 젖지 않는다
너는 처마 밑에 있다
항상 너 옆에 널 믿는 나 있다

Self-Q&A

Poor me.

How pathetic.

How can I go on, trusting you?

From the very first word,

you leak steam like a kettle.

In this vast universe, you're the only one.

It's heavy — so heavy.

Well, look at that — things just

keep piling up.

Tomorrow?

What's the worst? Death?

We only die once.

Today,

me,

I'm grateful to be alive.

That's enough.

But still — don't grow up.

Because once you're truly grown,

it's time to lay down your spoon.

Shadows do not get wet in the rain.

You are beneath the eaves.

And always, next to you,

there is me, who believes in you.

自问自答

可怜的我，

真是可悲。

　我怎能信着你继续活下去?

开口第一句，

你就像水壶一样泄气。

在这宇宙中，唯有你是唯一。

太沉重了，太沉重了。

哎哟，越走越艰难。

明天?

最多不过一死罢了。

人只死一次。

今天，

我，

为还活着而感恩。

够了。

但别太成熟。

因为一旦真的成熟了，

就到了该放下筷子的时候了。

影子不会被雨淋湿。

你在屋檐下。

一直在你身边，

有一个相信你的我。

自問自答

哀れな私

情けないな

こんな自分を信じて、生きていけるのか?

最初の一言から、

君は湯気のように力が抜ける　宇宙には、

君しかいない

重い、重すぎる

なんだよ、ますます大変じゃないか

明日?

どうせ死ぬだけさ

一度きりの死

今日、

この私、

生きていることに感謝します

もう十分

でも、大人にはならないで

本当に大人になったら

もう箸を置く時だよ

影は雨に濡れない

君は軒下にいる

いつも君のそばに

君を信じる私がいる

말 없는 마음

마음이여
그대하고 참 오랫동안
한지붕 아래 살았구려

말이 없어
그대 존재를 몰랐구려
억수로 말 많은 주인장 만나
말이 없었던 건가

오늘은 그대하고
도란도란 얘기하고픈
아름다운 밤이로구나

마음아
오늘 밤만은 네가 주인장인 듯
말을 해보렴 두런두런

뭐 어때
큰 소리 내어도
뭐 한지붕 아래 너와 나
오래 오래 살아갈 사이인걸

Silent Heart

Oh, my heart,
We've lived together
under the same roof
for such a long time.
You never spoke,
so I never knew you were there.
Was it because
you met such a talkative master
that you stayed silent?
Tonight,
I want to sit with you,
chatting gently,
on this beautiful night.
Dear heart,
Just for tonight,
please, like your master,
say something.
Let's have a quiet talk.
Why not?
Even if we speak out loud,
So what?
We'll live under the same roof,
you and I,
for a long, long time to come.

<table>
<tr><td>

无言的心

啊，心啊，

你和我在同一个屋檐下

已经住了好久好久。

你从不说话，

我竟不知道你的存在。

是不是因为

遇到了一个话多的主人，

你才一直沉默无言？

今晚，

我想和你一起

轻声细语地

聊聊天——多么美好的夜晚啊。

心啊，

今晚就请你

像你的主人那样，

说说话吧。

轻声细语地，

这又有什么呢？

即使大声说出来，

又能怎样？

我们在同一个屋檐下，

你我之间，

也会一直

长久地生活下去。

</td><td>

物言わぬ心

心よ

お前とずっと長いあいだ、

同じ屋根の下で

暮らしてきたんだな。

何も語らなかったから、

お前の存在に気づかなかったよ。

おしゃべりな主人に出会って、

だから黙っていたのかい? 今夜は、

お前と

ぽつぽつと

語り合いたい、

そんな美しい夜なんだ。

心よ、

今夜だけは

主人に似て、

言葉を話しておくれ。

ぽつぽつと語ろうよ

どうってことないさ

たとえ声に出しても、

構わないだろう?

同じ屋根の下に

お前と私、

これからもずっとずっと

共に暮らしていくんだから。

</td></tr>
</table>

돈을 좇는 아이와 연을 쫓는

돈과 연을 동시에
내가 꿈꾸는 연의 세상에서
풍덩풍덩 마구마구 헤엄쳐 보리다
순간의 기쁨은 잠깐

다른 연을 떠올리는
생각은 나의 생각은
오늘 기쁨은 느낌
실상은
상상의 옷 입은 자유라네

왜 대한민국이
요새 자꾸자꾸
소복 입는 여인으로 변할까나

오호라
젊은이들이여
가보자 하얀 들판에
우리 연 날리러

The Child Chasing Money and the One Chasing Kites

Money and kites, both at once
In my dream world of kites,
I'll dive in, again and again,
splashing, swimming
The joy of that moment —
fleeting
Another kite comes
thought upon thought
Today is a joy
In truth,
it's only a freedom dressed in
fancy clothes
Why is it
that these days,
Korea keeps turning
into a woman in mourning clothes?
Oh,
young people,
come —
to the white fields,
let us go fly our kites

与追逐金钱的孩子
一起追逐风筝

金钱与风筝，双双都想要

在我梦想的风筝世界里

扑通扑通地

尽情畅游吧

那一刻的快乐

只是短暂的

又想起另一只风筝

思想、

思想重叠

今天就是喜悦

其实

所谓的自由只是美丽的外壳 为什么

如今的大韩民国

越来越

变成穿丧服的女人呢

哦，

年轻人啊，

来吧—

在这片白色田野上，

我们一起去放风筝吧

お金を追う子どもと凧を追う

お金も凧も、両方とも

自分だけの夢見る凧の世界で

ドボンドボンと

思いっきり泳いでみよう

その瞬間の喜びも

ほんの一時

また別の凧へと

思いは思いは

今日こそが喜びなのだ 実のところ

それは虚飾に包まれた自由だよ

なぜだろう

最近の大韓民国は

どんどん

喪服を着た女性へと変わっていくのか

おお、

若者たちよ、

さあ―

白い野原へ行こう、

凧を揚げに

토끼와 거북이

경주다
언제부터였을까
토끼도 나요
거북이 또한 나올시다

어제의 나
오늘의 나
내일의 나
토끼마냥 뛰어 보네
거북이처럼 기어도 보네

내 안의 나 스스로가
어제보다는
영적 살림살이가
조금은 나아졌나

내일은
바닷가에서도
경주해 보자꾸나
어딘들 겨뤄보자

The Tortoise and the Hare

It's a race
Since when, I wonder?
The hare is me
The tortoise is also me
Yesterday's me
Today's me
Tomorrow's me
I dash like a hare
I crawl like a tortoise
With myself within me
Compared to yesterday,
Has my spiritual life
Grown even a little? Tomorrow,
Why not race
Even by the sea?
Wherever it may be

兔子与乌龟

这是一场比赛

从什么时候开始的呢

兔子是我

乌龟也是我

昨天的我

今天的我 明天的我

像兔子那样奔跑

也像乌龟那样慢行

与我内心的我

比起昨天，

我的灵性生活

有进步一点吗?

明天，

就算在海边

也去赛跑吧

无论哪里

ウサギとカメ

競争だ

いつからだったろうか

ウサギも私

カメもまた私

昨日の私

今日の私

明日の私

ウサギのように走り

カメのようにも歩く

私の中の私と

昨日よりは 精神の暮らしが

少し良くなったのだろうか

明日は

海辺でも

走ってみようか

どこであろうと

돈

자본주의 안에
덫에 걸려 갇힌
돈
그대에게
자유를 부여하나이다

지금 이 순간부터
훨 훠얼
그대가 그대 스스로가
날아보오
그대가
어디로 날아갈지 그대가
날아갈 의지는 있는지
그대가
의지를 보여다오

아님
그대가 그리울 거야

Money

Money,
trapped
within capitalism
I grant you freedom from
this very moment
Fly, fly —
you,
yourself,
try flying
Where
will you
fly to?
Do you
have the will
to fly?
You —
You —
You —
Show your will
Or else —
You'll,
be missed

钱

被困在

资本主义里的

钱我赐予你自由

从这一刻开始

呼呼地飞吧

你自己

亲自

试着飞翔

你会

飞向哪里?

你有飞翔的意志吗?

你——

请展现你的意志

否则——

你会被想念的

お金

資本主義の中に

閉じ込められた

お金

私はあなたに自由を与える

今この瞬間から

ひらひらと

あなた自身で 飛んでごらん

あなたは

どこへ

飛んでいくのか

飛ぶ意思はあるのか

あなたが——

意志を見せてくれ

さもなければ——

君は 恋しくなるだろう

살다가

어떤 날은 '킹콩' 영화처럼
쿵쾅쿵쾅
어떤 날은 '남쪽으로 튀어라' 책처럼
요리 훌쩍 조리 훌쩍

어떤 날은 삼바 댄스처럼
앞뒤로 분주하게
어떤 날은 색소폰 연주처럼
마음에 눈물이
어떤 날은 삶의 희열이
드럼 연주하듯

살아온 날들이
빨랫줄에 매달린 듯
삶의 굴레에서 빙글빙글

오늘내일은 어떤 일이 있을지
그냥 그냥 내 마음에
하트 모양이 살랑살랑

As I live on

Some days are like the movie
King Kong —
Boom, boom, thud, thud.
Some days are like the book
Run South —
Flitting here and there.
Some days are like a samba dance —
Busy, front and back.
Some days are like a saxophone
performance —
Tears in my heart.
Some days...
And like a drum solo —
The joy of life intertwined.
The days I've lived
hang on the clothesline,
on the yoke of life,
like household items,
completely.
To keep living,
even today...
Tomorrow, what might happen?
Just, just...
I hope —
A heart shape softly sways
in my heart.

活着的时候

有些日子像电影《金刚》一样
砰砰，轰轰。
有些日子像书《向南逃》一样
这儿蹦，那儿跳。
有些日子像森巴舞一样
前前后后地忙碌。
有些日子像萨克斯风演奏一样
心中泛起泪水。
有些日子……
就像打鼓一样，
人生的喜悦交织其间。
我活过的日子
像晾衣绳上的衣物，
像生活的重负，
一件一件地挂着，
全部。
为了活下去，
今天也一样……
明天又会发生什么？
就只是，只是——
只愿我的心中
有一个心形轻轻吹拂。

生きながらにして

今日はどんな日になるのだろう？
ある日は映画『キングコング』のように
ドンドン、ガタンガタン。
ある日は本『南へ逃げろ』のように
ひょいと、ひょいと。
ある日はサンバのダンスのように
前へ後ろへ慌ただしく。
ある日はサックスの演奏のように
心に涙が流れ。
ある日は——
そしてドラムの演奏のように
人生の喜悦を。
生きてきた日々が
洗濯紐に、
人生の枷に、
吊るされるように、
あれもこれも。
生きていくために、
今日も——
明日は
またどんなことが？
ただ、ただ——
そうであってほしい。
わたしの心に
ハートの形がそよそよと吹くように。

우주를
거닐고프다

구름 위를 뚜벅뚜벅
거닐고 싶다
뛰고프다 나의 마음은

여보의 우주는 여보의 우주대로
울 딸도 네 우주를 찾아서
아들도

무지개를 우리 함께 걷자꾸나
하지만 내 우주 안으로 부디
들어오지 마옵소서
너희는 너희니

무엇이 가장 아름다울까
살아있는 동안
우리 단절 없이
우주를 이야기하며 살자꾸나

I Wish to Stroll Through
the Universe

Step by step above the clouds

I wish to stroll

My heart wants to run

Your universe is yours, my dear

Our daughter, go find your own universe

And our son as well

We walk together through the rainbow

Please,

Do not enter

My universe

Because you are you

What is the most beautiful thing?

While we live,

Let us

Ceaselessly

Speak of our universes

想漫步於宇宙　　　　　　　宇宙を歩きたい

一步一步地走在雲端　　　　雲の上を一步一步

想要漫步於此　　　　　　　歩きたい

我的心想奔跑　　　　　　　私の心は走りたがっている

妻子的宇宙是妻子的　　　　妻の宇宙は妻の宇宙

女兒啊，你去尋找屬於你的宇宙吧　娘よ、君だけの宇宙を見つけて

兒子也是如此　　　　　　　息子もまた然り

我們一同走在彩虹之中 請不要進入　虹の中を一緒に歩いているね

我的宇宙　　　　　　　　　どうか

因為你就是你　　　　　　　私の宇宙には

什麼才是最美的呢?　　　　入ってこないでください

只要還活著，　　　　　　　あなたはあなただから

我們　　　　　　　　　　　何が一番美しいのだろうか

不斷地 談論宇宙中的故事吧　生きている限り

　　　　　　　　　　　　　私たちは

　　　　　　　　　　　　　絶えず

　　　　　　　　　　　　　宇宙の話をしながら生きよう

쌍호의 다짐

Ssangho's Vow

스스로 요리를 알고 싶어	I want to understand cooking
미치도록	On my own
왜냐면요 베풀고 싶어서요	Desperately
내가 직접 만든 음식으로요	Why?
	Because I want to give
아직도 많이 부족해요	With food I've made myself
부족한 게 또 있네요	I'm still far from perfect
너무 급히 먹어요	And there's something else lacking
하나라도 더 배우고 싶어	I eat too fast
나 스스로를 못 봤네요	Wanting to learn even one more thing
	I ended up ignoring myself
오늘부터는	From today
내가 먼저 천천히 먹으며	I'll eat slowly
음미하며	Starting with myself
내 요리의 맛을 찾아가겠나이다	Truly
	To find the taste of my own cooking
소는 위가 네 개 잖아요	Cows have four stomachs
씹고 또 씹고 또 씹고	Chewing and chewing again and again

雙虎的誓言

サンホの誓い

我想自己了解料理　　　　　料理を自分で

渴望得要命　　　　　　　　知りたくて

为什么?　　　　　　　　　狂おしいほどに なぜかって?

因为我想施予　　　　　　　分かち合いたいから

用我亲手做的食物　　　　　自分で作った

我仍然有很多不足　　　　　料理でね

还有一点也不足　　　　　　命がけで

我吃得太快　　　　　　　　足りないことがあります

因为想多学一点　　　　　　私は急いで食べ過ぎてしまう

结果忽略了自己　　　　　　一つでも多く学びたくて

从今天开始　　　　　　　　自分自身を見失っていました

我会先从自己做起　　　　　今日からは

慢慢地吃　　　　　　　　　まず自分から

真正地　　　　　　　　　　ゆっくり食べていきます

寻找我料理的味道　　　　　本当に

牛有四个胃　　　　　　　　自分の料理の味を見つけるために

咀嚼，再咀嚼，再再咀嚼　　牛には胃が四つあります 噛んで、

　　　　　　　　　　　　　また噛んで、さらに噛んで

안회여

얼마나 학문이 고픈지

어제도 꼬르륵

오늘도 꼬르륵

왜

왜

스승 공자에게

그대는 고프다 한다

공자여

왜 모르셨나이까

학문과 함께

얼마나 깊이

항문으로

참으로 참으로

배고픔 안에 공부

배부름 안에 공부

To Yan Hui

How deep is your learning

Yesterday, a rumbling stomach

And today, too

Why

Why

To your teacher, Confucius

You say, "I'm hungry."

Confucius,

Why

Did you not see it?

With learning

How deeply

Through the anus

Truly, truly

Study in hunger

Study in fullness

致颜回

你的学问有多深

昨天也是咕咕叫

今天亦然

为何

为何

对你的老师孔子

你说:"我饿了"

孔子啊

为何 您没有察觉?

伴随学问

是多么深地 通过肛门

真是，真是

饥饿中学习

饱足中学习

顔回よ

どれほどの学問か

昨日もゴロゴロ

今日もまた

なぜ

なぜ

師・孔子に

「お腹がすいた」

と 孔子よ

なぜ 気づかなかったのですか

学問とともに

どれほど深く

肛門を通して

まことに、まことに

飢えの中の学び

満腹の中の学び

닭발 요리하며
장모님과 데이트

부글 부글 끓는 솥에 풍덩
그냥 풍덩이지
내 맘도 담고 싶네
나의 향기가 아니면
요리는 미완성이지

잡냄새 잡아야 해
박멸 박멸 박멸 잡냄새
나만의 비법
샤르르 샤르르
우아하게 뿌리는 향기

기다리시와요
미소를 더해 유행가 읊조린다
샤빙 샤빙
오글 오글 나의 장모님 사랑
오글거릴까
닭발 쭈욱 펴보네요

오메 뭔 일이래
닭발 개수가 ...
이 안에 무슨 일이

못 펴 아무나 못 펴
장모님과 저 사이처럼 오글 오글
이건 아니어야 하옵니다

Chicken Feet Cuisine
- A Date with My Mother-in-law

Into the boiling pot, splash.
Just a splash,
but I wish to toss my heart in, too.
Not with just my scent.
No, that won't do for cooking.
Gotta get rid of the stench —
exterminate, exterminate, exterminate.
My secret recipe —
sharuru sharuru.
A sprinkle of fragrance,
laid back and graceful.
Wait, and she shall come.
Even in my smile,
a pop song hums.
Shabing shabing.
Crinkling, crinkling,
my love for mother-in-law.
Too cheesy?
I stretch the chicken feet out.
Oh dear —
what is this?
Count of feet...
and within it —
what's going on?
Can't stretch.
None can.
Just like my relationship with her.

鸡爪料理 - 和岳母的约会

咕嘟咕嘟的锅里，一下子扔进去。

就是这么一扔，

其实我也想把心放进去。

不能只靠我的香气，

那可做不了好菜。

异味必须除掉——

灭灭灭!

我的秘诀——

沙噜噜 沙噜噜。

从容地撒上香味，

等她来。

我的微笑中，

轻哼流行歌。

沙冰 沙冰。

黏黏的，黏黏的，

我对岳母的爱。

是不是太肉麻?

试着把鸡爪伸展开来。

哎呀呀——

这是怎么了?

鸡爪的数量，

里面居然——

怎么回事?

伸不开。

一个也伸不开。

就像我和岳母之间的距离。

鶏の足料理 - 義母とのデート

グツグツ煮える鍋にドボン。

ただのドボンさ。

でも心も入れたいね。

香りだけじゃ

料理にはならない。

臭みは取らなきゃ——

撃退!撃退!撃退!

私の秘密のレシピ——

シャルル シャルル。

ゆったりと香りを投げ入れて、

お待ちしております。

私の微笑みにも、

流行歌を口ずさむ。

シャビン シャビン。

じわじわと——

義母への愛。

クサすぎるかな?

鶏の足をぐいっと伸ばしてみる。

あれれ?

何これ?

足の数も、

その中に何かが——

何が起きてる?

伸びない。

全部伸びない。

まるで義母との関係のように。

잔바람

하루의 끝자락에서
문득문득
그냥 생각나는
최고로 맛난
마시멜로 하나 베어먹다가
문뜩
아
딸아이 한 조각 줘야지

매일 매일
요런 날을
그려 보네

A Small Wish

At the end of the day,
without meaning to,
I find myself thinking —
of the one I love,
the one I love most.
Like this:
I take a bite of a soft,
sweet marshmallow,
and then suddenly —
"Oh, I should save a piece for
my daughter."
And I think,
"If only
every day
could be like this."

小小的心愿

一天结束时，
不经意地，
我突然想到——
那个我爱的人，
那个我最爱的人。
就像是：
咬了一口软软甜甜的棉花糖，
突然想到：
"啊，我得留一口给女儿"
于是我心里想着：
"要是
每天 都能这样就好了。"

ささやかな願い

一日の終わり、
ふと、思う。
愛する人、
誰よりも大切な人。
まるで、
ふわっと甘い
マシュマロをひとくち食べて、
「あ、娘にも
あげなきゃ」って思う、
そんな感 じ。
「こんな日が、
毎日続けばいいのになあ」
そんなふうに思うのです。

사죄 -
영화 '귀향'을 보고

미안해요
정말 죄송해요
우리 한동네
아저씨로서

비극의 날을
용서하소서
무릎 꿇고 이 몸도
사죄드리옵니다

아리따운 소중한 그녀들이 있기에
오늘날이...
이처럼 어울리지 않는
대한민국이라니

An Apology -
After watching the film
"Spirits' Homecoming"

I'm sorry.

Truly, I'm sorry.

As a grown man

from the same village,

Please forgive such a day.

I kneel down

and offer my heartfelt apology.

Because of those beautiful girls,

we have now...

How unfitting

for a place like

South Korea.

谢罪 -
看完电影《鬼乡》之后

对不起，
真的对不起。
我是 同一个村子的男人，
请原谅那样的日子。
我跪下，
诚心忏悔。
因为那些美丽的少女们，
才有了现在……
如此不相称的 大韩民国。

謝罪 -
映画『鬼郷』を観た後

ごめんなさい
本当にごめんなさい
僕は
同じ村の
大人として
あの日を
お許しください
ひざまずいて
お詫び申し上げます
あの美しい少女たちが
いたからこそ
今があるのに……
それにそぐわない
大韓民国。

신과 함께
죄와 벌

우리 그리 살지 말자꾸나

소리 없이 바람처럼
아침 해가 찾아왔다가
언제인지도 모르게
해 질 녘이 찾아오는
하루의 잠결 같은
삶 아닌가

언제나 두 얼굴인 인간
내일도 두 얼굴 가운데
미소 찾아 살자꾸나

영화 대사처럼
지나간 것엔
눈물 흘리지 말며

Along with the Gods:
The Two Worlds

Let us not live like that —

Like a silent breeze.

Morning comes

Without a sound,

And evening too,

Before we even notice —

Isn't life but a fleeting spring

dream in a day?

Always,

A man with two faces.

Tomorrow too,

Let us live

Searching for a smile

behind those faces.

Just like in the movie:

Let us not shed tears

For what has already passed...

与神同行:罪与罚　　　　　　神と共に―罪と罚

别再那样活着——　　　　　　そう生きるのはやめよう——
像无声的风一般　　　　　　　風のように静かに
早晨的太阳悄然升起　　　　　朝日が昇り
黄昏不知不觉地来临　　　　　いつの間にか夕陽が沈む
人生，　　　　　　　　　　　まるで一日限りの
不就像白日一梦吗?　　　　　春の夢のような人生ではないか
始终，　　　　　　　　　　　いつも
是个双面的人　　　　　　　　二つの顔を持つ男
明天，　　　　　　　　　　　明日もまた
也在那双面之中　　　　　　　その二つの顔の中に
寻一丝微笑而活吧　　　　　　微笑みを見つけて生きよう
如同电影台词中说的:
莫为过去的事
再流泪...

진정한 복수는

눈에는 눈 이에는 이에서
비로소 법이 탄생
철학자도 종교도 심사숙고
연쇄 복수는
덫에서 거듭나고
수렁에서 윤회하는 꼴

진짜 복수는 복수를 초월하는 것
건강하게 웃음과 더불어
그자보다 오래 사는 거야
마치 아무 일도 없던 것처럼
뛰어넘어야 해
스러지지 않을 극기로

What Is True Revenge?

From "an eye for an eye,
a tooth for a tooth,"
law was born.
Even philosophers, even religion—
have pondered revenge.
Revenge within revenge leaves
one trapped
in that pit endlessly.
True revenge is
to transcend it in health,
to live longer than them with a smile,
as if nothing ever happened.
We must overcome—
without fail—through discipline.

什么才是真正的复仇?

从"以眼还眼，以牙还牙"，
法律诞生。
哲学家也好，宗教也好——
都曾思考过复仇。
复仇中的复仇，
最终，
只是在泥沼中轮回罢了。
真正的复仇是，
以健康的心态超越一切，
带着微笑比他活得更久，
仿佛什么都没发生过一样，
必须跨越，
必须靠自律。

本当の復讐とは何か

「目には目を、歯には歯を」から
やっと法律が誕生した。
哲学者も、宗教もまた——
復讐を語ってきた。
復讐の中に復讐があれば、
その深い沼に閉じ込められるばかり。
本当の復讐とは、
健やかにそれを超えて、
笑いながら、
相手よりもずっと長く生きること。
何もなかったかのように、
乗り越えるんだ。
絶対に。
克己によって。

스눕

Snoop

넌 왜 나의 영혼까지 들여다봐
왜 웃고
너 지랄하면 아니 된다
난 오늘
널 염탐하는 스눕이야

부끄럽지 않니
아니 왜
내게 물어보는 네가 이상해
그럴 시간 있다면
너나 잘하세요

호감은 그냥저냥 운명일 뿐
인기는 순간이야
잔짜진짜 중요한 건
너와 나 사이
영혼의 교감이야
영화 같은 외계인 같은
환상인 거야

뭐가 또 궁금해
아님
나
슈퍼맨 옷 벗고
혼자 쉬고 싶어

Why –
Why do you see into my very soul?
Why –
You laugh,
But when you go crazy, it's not right
Today,
I'm the snoop watching you
Aren't you ashamed?
No –
The way you question me,
You're the strange one
Because –
If you've got that kind of time,
Mind your own business
People like me, depending on fate
Popularity is fleeting
What matters most
Is the spiritual connection
Between you and me
Like in movies –
It's fiction
Like the ET character –
A made-up fantasy
So then,
What else are you curious about?
Or maybe –
Me
Taking off my Superman suit
Alone
I want to rest

窥视

为什么——
你连我的灵魂都能看透?
为什么——
你笑,
可你一发疯就不对劲了
今天,
我是那个偷看你的人
你不觉得羞耻吗?
不——
是你总问来问去,
你才奇怪
因为——
你有这时间的话,
还是管好你自己吧
只是顺着命运被人喜欢而已
人气只是瞬间的
最重要的是
你和我之间
灵魂的共鸣
像电影中的虚构
像ET一样
编造的幻想而已
那么,
你还好奇什么?
还是——
我脱下超人的外衣
独自
我只想休息

スヌープ

なぜ——
僕の魂まで見透かすんだ?
なぜ——
笑っていても
君が暴走するとそれは違う
今日は、
君を見つめるスヌープの僕だ
恥ずかしくないのかい?
いや、
そんなふうに聞いてくる
君の方が変だよ
だって——
そんな時間があるなら
自分のことでもしてなよ
運命に任せて好かれてるだけ
人気なんて一瞬
一番大事なのは
君と僕の
魂の交流だよ
映画の中のフィクションみたいに
ETみたいに
作られた幻さ
で、
まだ何か知りたい? それとも——
僕自身? スーパーマンの服を脱いで
ひとりで
休みたいんだ

혜공 도반님
마음 씀씀이

어찌 이리도
꽃보다 섬섬옥수보다
저 우주의 은하수보다
너무너무 섬세해
어찌 이리도
마음 마음 하나 하나를
비단 실로 마치
수놓듯 정교하게

타고났네 타고났어
이 마음
모든 고객에게 타고난 대로
스트레스 없이 왜
본인의 늙음이 도루묵인 거야

혜공 도반님은
즐기면서
타고났네요

우주에
빛과 소금이 되실 분이네요
열려있네요 무한대로
고마워요 감사해요
앞으로는 온 우주로
함께 손을 뻗어보아요

부족한 나 쌍호
가르쳐 주면서
멍청하면 내 머리
돌다리라 생각하셔도 되어요
맘껏

기꺼이
물에 빠지지 않으시도록
이 돌 되어드릴게요

뭐우리
혜공 도반님은
언제나
큰 S라인 소유자이시니

별님 해님

Star and Sun

별빛 따라
흐른 시간
별님 지쳐
떠어 나고
여기 홀로 나 남았네

해님은
참 바지런도 하시지
또 다른 하루의 시작
오늘은 뭐부터 시작하나

생활전선에서
오늘도 목숨 부지하며
끈질기게
살아남아야지

Following the starlight,

Time has flowed.

The star, weary,

has now left.

Here I remain, all alone.

The sun —

how diligent it is.

Another day begins again.

What should I start with today?

In the battlefield of life,

again today, I must cling to life,

tenaciously, tenaciously,

I must survive.

星星与太阳

追随着星光，
时间悄然流逝。
星星疲惫地 悄然离去。
只剩我独自一人。
太阳啊，
真是勤劳不息。
新的一天又开始了。
今天该从什么开始呢?
在人生的战场上，
今天也要勉强维生，
顽强地，顽强地，
活下去。

星さまと太陽さま

星の光をたどり
時は流れた
疲れた星さまは
去っていった
ここに一人
残された私
太陽さまは
本当に働き者
また新しい一日が始まる
今日は何から始めようか
人生という戦場で
今日も命をつなぎながら
しぶとく しぶとく
生き抜かなければ

하늘나라

하늘은
하나가 아니에요
두루두루 사람들은
저마다
자기 하늘만 바라봐요
땅도 마찬가지네요

이 땅에서
나는 걸어야 해요
개미는 걸어요
우리는 끝이 없이 걸어요
그럼
모든 게 이뤄졌어요

그대 누워있나요

Heaven

The sky
is not just one.
It stretches wide—
each person
has their own.
I look only at my sky,
and my ground, too.
On this ground,
I—
must walk.
Ants walk, too.
We
walk without end.
Then,
everything is fulfilled.
Are you
lying down?

天堂

天空
不是唯一的
它广阔无边——
每个人
都有自己的天空。
我只仰望我的天空，
还有我的大地。
在这片土地上，
我——
必须行走。
蚂蚁也行走。
我们
尽情地行走。
于是，
一切实现了。
你还躺着吗?

天国

空は
ひとつじゃない。
広々としていて、
人それぞれに
それぞれの空がある。
私は
自分の空だけを見上げる。
地面も、ね。
地の上で、
私は——
歩かなくちゃ。
蟻も歩くし。
私たちは
思いきり歩く。
それで、
すべてが叶った。
あなたは 横になってるの?

온 누리에
축복이

너도 나도

심장 박동 소리 쿵쾅쿵쾅

살아있네요

야 호 모두 다 반가워요

미소가 저절로

자르르 드르르

그대 향기 참말로 아름답네요

우선 인사하고

다 같이 손잡고

사진 속 풍경 걸어보아요

룰루랄라

한복으로 갈아입고서

나는 머슴 옷

그대 그녀는

대왕님 왕비마마

왕자님 공주님

자 가이드 시작해요

천년의 전주시예요

즐겁게 즐겁게 오늘만큼은

Blessings to All the World

You and I,

The sound of our beating hearts,

Thump−thump, thump−thump,

We are alive.

Hey, ho!

Nice to see you all!

Smiles come naturally,

Softly, lightly.

Your scent,

Truly beautiful.

Let's greet one another first.

Let's all hold hands,

And walk through the scenery

in the photo.

La−la−la, la−la.

Changing into Hanbok,

I wear a servant's attire,

You and she become

King and Queen,

The prince and princess.

Now, let the tour begin−

Welcome to 1,000 years of Jeonju city!

Joyfully, joyfully,

At least for today.

<table>
<tr><td>

愿世界充满祝福

你我都能听见
心跳的声音，
砰砰，砰砰，
我们还活着。
嘿，哟!
见到大家真高兴!
笑容自然地 轻轻地，
滑滑地绽放。
你的香气，
真是美丽无比。
首先要问声好。
让我们牵起手，
一起走进照片中的风景。
啦啦啦~
换上韩服，
我穿着仆人的衣服，
你和她是
国王与王后，
王子与公主。
好了，导览开始吧——
这就是千年古都全州市!
快乐地，快乐地，
至少今天如此。

</td><td>

世界に祝福を

君も僕も、
心臓の鼓動が、
ドキドキ、ドキドキ、
生きているんだね。
やっほー! みんなに会えて嬉しいよ!
笑顔が自然に
さらさら、すらすらとこぼれる。
君の香り、
本当に美しいね。
まずはごあいさつ。
みんなで手をつなぎ、
写真の風景を歩いてみようよ。
るんるん♪
韓服に着替えて、
僕は下男の服、
君と彼女は
王様と王妃さま、
王子さまとお姫さま。
さあ、ガイドが始まるよ!
ここは千年の都、全州市!
楽しく、楽しく、
少なくとも今日はね!

</td></tr>
</table>

2025년 10월 10일 초판 1쇄 발행

지은이 강쌍호
펴낸이 홍남권
편 집 주형남
판 형 152mm×225mm
페이지 184
무 게 290g
펴낸곳 온하루출판사
디자인 윤선화
제 작 (주)파코스토리

온하루출판사 등록번호 제2014-000030호
출판사주소 전북특별자치도 전주시 완산구 공북1길 7 407호
연락처 010-7376-8430
이메일 nnghong@naver.com
ISBN 979-11-88740-31-4

값 17,500